리아데일의 대지에서

WORLD OF LEADALE

【글】 Ceez

【일러스트】 텐마소

WORLD OF LEADALE

CONTENTS

Illust. 텐마소

캐릭터 소개

케나

VRMMORPG 〈리아데일〉 시절에는 〈은색 고리의 마녀〉라는 별명으로 불린 정상급 플레이었다. 〈리아데일〉 서비스가 끝나고 200년이 지난 세계에서 눈을 뜨고, 모험가가 되었다.

스카르고

케나가 게임에서 키운 NPC 3남매의 장남. 지금 세계에서는 교회의 대사제로, 국왕, 재상 다음의 지위인 절세의 미남. 【엑스트라 스킬 : 장미는 아름답게 지네(오스칼)】로 항상 꽃과 파도, 효과음을 두르고 있다.

마이마이

스카르고의 동생 엘프. 공격 마법 특화이며, 지금 세계에서는 궁정 마술사를 은퇴하고 왕립학원 학원장으로 취임했다. 오빠와는 자주 다투지만, 두 사람 모두 케나를 제일로 보는 점에서는 생각이 일치하고 있다.

카타츠

케나의 양자이자 3남매의 막내라는 설정의 드워프. 요새나 성, 던전 등의 건축물 작성 기술 특화. 스카르고, 마이마이와 비교하면 상식인.

리트

말레르의 딸로, 여관 일을 열심히 돕고 있다. 케나를 언니로 부르며 잘 따른다.

말레르

케나가 깨어났을 때 숙박 중이던 여관의 안주인. 케나에게는 두 번째 어머니 같은 존재가 됐다.

루카

유령선의 피해로 궤멸한 어촌의 생존자. 케나가 거두어서 변경 마을에서 함께 살게 되었다.

에리네

코볼트 상인. 상단을 이끄는 수완가로, 금전 감각이 없는 케나를 걱정해서 상거래의 기본을 가르치고, 케나의 모험가 실력에 의지하기도 한다.

록시느

케나의 메이드. 집안일과 루카의 시중을 담당하고 있다. 록시리우스와는 견원지간으로, 항상 티격태격하고 있다.

록시리우스

케나의 집사. 성실한 성격. 루카를 비롯한 마을 아이들에게 읽기, 쓰기, 계산 등을 가르치고 있다.

사이렌

오푸스의 소환 메이드. 문제아인 오푸스를 상대할 만큼의 담력이 있다.

오푸스

오페케텐슐트하이머크로스테트봄버

케나와는 게임 베타테스트 시절부터의 친구이자 동료. 태평한 마인족으로, 엄청난 바보. 하지만 사실은 책략가로서 〈리아데일의 공명〉이란 별명으로 불렸다.

지금까지의 줄거리

큰 사고를 당해 평생을 병원에서 지내야 했던 카가미 케이나는 VRMMORPG 〈리아데일〉 안에서만 삶을 만끽하고 있었다.

그러나 어느 날, 낙뢰로 생명 유지 장치가 오작동을 일으켜 목숨을 잃고 만다.

다음에 눈을 떴을 때 주위에 펼쳐진 광경은 낯선 방 안이었다.

그리고 자기 모습이 게임 아바타인 하이엘프의 모습인 것을 깨닫고, 케이나는 당황한다.

깨우러 온 여관 주인의 딸 리트와 그 어머니인 말레르에게 이야기를 들은 케이나는, 자신이 지금 있는 곳이 게임을 플레이하던 시절로부터 200년 후라는 사실에 경악한다.

그래도 서포트 AI인 키가 동행하고 있다는 사실에 든든함을 느끼며, 케이나는 아바타인 '케나' 로서 이 세계에서 살아가기로 결심한다.

그래서 케나는 먼저 자신이 관리하는 수호자의 탑을 깨웠다.

수호자의 부탁으로, 휴면 상태에 빠진 다른 탑을 깨우는 것을 목표로 여행을 떠나기로 한 케나.

그러나 이 세계의 상식에 어둡다 보니, 변경 마을에서 만난 상단을 이끄는 코볼트(견인족) 에리네와 그 호위를 맡은 화염창 용병단 단장 아비타에게 의지하게 된다.

펠스케이로 왕도에 도착한 케나는 모험가 길드에 등록한 뒤 마주친 늙은 기사 아가이드와 그 손녀 론티의 의뢰로, 시내를 활보하는 소년을 붙잡는 일을 맡는다.

배를 타고 도망친 소년을, 케나는 물 위를 달려 쫓아가는 행위로 주민들의 호기심 어린 시선을 받으며 포박한다. 도망치던 소년은 성에서 탈주한 왕자였다. 이 일로 케나는 아가이드에게 보수를 받고, 귀족 후원자를 얻는다.

게임 시절 케나가 자식으로 설정했던 교회 대사제 스카르고, 왕립 학원 학원장 마이마이, 그리고 조선소 소장 카타츠.

가까스로 카타츠와 재회한 케나는 이 세계에서의 첫 만남에 기뻐한다.

그리고 케나는 카타츠에게 모험가가 되었다고 보고하고, 무슨 일이 있으면 만나러 오겠다고 말한다.

카타츠는 스킬 【이심전심】으로 스카르고와 마이마이를 모아 케나가 왕도에 왔음을 알리고, 장남 스카르고의 폭주를 걱정하면서 마이마이와 함께 어머니를 위해 할 수 있는 일을 의논한다.

한편, 모험가 길드의 의뢰로 마이마이와 만나거나, 딸이 결혼했다는 사실을 알고 충격을 받거나 하면서, 케나는 왕도 생활에 적응해 나갔다.

그러던 어느 날, 길드의 의뢰로 투기장을 방문한 케나는 그곳이 수호자의 탑임을 알게 된다.

가슴 한껏 기대한 케나였지만, 연기 형상의 수호자에게 들은 것은 먼 과거에 작별 인사를 남기고 스킬 마스터가 떠났다는 사실이었다.

세상에 혼자 남은 플레이어라는 사실에 충격을 받은 케나에게, 화려한 스킬 이펙트를 휘날리며 장남 스카르고가 달려왔다가 혼란 상태인 어머니(케나)의 주먹에 맞아 천장에 처박히고 만다.

견고한 결계에 틀어박힌 케나에게 속수무책인 마이마이와 카타츠는 스카르고를 회수해서 돌아갈 수밖에 없었다. 그 후, 전혀 다른 생각으로 폭주하기 시작한 스카르고는 제대로 화가 난 마이마이와 치열한 마법이 오가는 남매 싸움을 시작한다.

싸움에서 도망친 카타츠는 틀어박혀 있던 케나가 아무렇지 않은 얼굴로 포장마차에서 식사하는 모습을 목격한다. 그리고 자신들의 고생은 대체 뭐였냐며 머리를 감싼다.

이어서 남매 싸움을 수면제 하나로 수습한 케나는 자식들을 소홀히 대한 것을 사과한다. 세 남매는 웃으며 용서하고, 다시 가족으로서 사이좋게 지내자고 손을 맞잡는다.

그로부터 얼마 후, 케나는 에리네에게 상단 호위 의뢰를 받아 이번에는 북쪽 나라 헬슈펠로 출발한다. 배웅을 나온 마이마이에게 편지 배달을 부탁받고 흔쾌히 수락하지만, 그것이 훗날 케나 자신에게 큰 당혹감을 안겨줄 줄은 꿈에도 몰랐다.

도중에 들른 변경 마을에서는 지하 수맥에서 미아가 된 인어 미미리를 구조하고, 무너진 다리 대신 물 위를 걷는 마법으로 상단을 강 건너로 보내준다.

그다음 국경 요새에서는 서쪽에서 넘어온 도적들에게 '환영' 받지만, 용병단의 힘까지 더해서 이를 무난히 분쇄하고 헬슈펠에 도착한다.

헬슈펠에서는 마이마이가 맡긴 편지를 전하기 위해 '사카이 상회' 라는 가게를 방문한다. 편지의 수신인은 선대 사카이 상회의 주인 케이릭이었다.

그 케이릭은 놀랍게도 마이마이의 아들이자, 케나의 손자였다. 그 자리에서 사소한 의견 차이로 불만을 느낀 케나는 사카이 상회를 뛰쳐나간다.

이어서 국경에서 벌어진 사건을 조사하러 와 있던 여기사 케이리나 또한 손녀임이 판명되고, 케나의 혼란은 극에 달한다.

그 뒤로 모험가 길드에 가서 에리네에게 들은 수호자의 탑으로 보이는 건물의 위치가 도적의 세력권에 있다는 것을 알게 된 케나는 체면을 차리지 않고 케이릭에게 의지하기로 한다.

그리하여 최전선에 있는 요새에 도착한 직후, 록 골렘이 일행을 습격한다. 기사들은 자칫 전멸할 뻔했지만, 난입한 케나 덕분에 간신히 살았다.

케이리나에게 생색을 내 요새를 통과한 케나는, 문제의 탑 앞에서 도적 두목이 된 마인족 플레이어와 마주한다.

아직도 게임 속이라고 주장하는 마인족 플레이어를 압도한 케나는 이 세계가 현실임을 깨닫고 울부짖는 상대의 숨통을 끊으려 했다.

하지만 간발의 차로 케이리나가 이끄는 헬슈펠 기사단이 마인족 플레이어의 목숨을 살렸다. 케나는 싸움을 피하고, 그 신병을 기사단에 넘기기로 한다.

그때 플레이어의 능력치를 깎는 목걸이를 쓰는 것을 보고, 마인족 플레이어는 뒤늦게 케나가 스킬 마스터임을 깨닫는다.

다음으로 탑에서 부활시킨 수호자에게, 담당 스킬 마스터가 오푸스라는 말을 듣고 아연실색하는 케나.

케나는 과거 같은 길드 소속이자 악우였던 오푸스가 이 세계에 살아있을지도 모른다는 희망을 품는다.

그런데 그곳의 수호자가 맡긴 책 속에서 케나의 눈에만 보이는 요정이 나타나, 점점 더 오푸스를 이해할 수 없게 된다.

다시 펠스케이로로 귀환하던 도중에 이번에는 부서진 다리를 수리하던 카타츠와 합류하면서, 어머니와 아들은 힘을 합쳐 다리를 놓는다.

펠스케이로로 돌아온 케나는 모험가 길드 의뢰로 사냥을 나가려다 마주친 론티와 그 친구 마이와 동행하게 된다.

완전히 힘으로 밀어붙이는 케나의 사냥 방식에 론티와 마이는 시종일관 압도당할 수밖에 없었다.

그 무렵, 펠스케이로에서는 케나의 스킬을 모방하려 애쓰던 로프스가 실패한 폐기물을 쓰레기장에 버리려 하고 있었다.

불행히도 그 장소는 게임의 전쟁 이벤트 공략 포인트이자, 특수 아이템을 드롭하는 몬스터의 출현 장소이기도 했다.

기적적인 일치로 쓰레기 성분에 반응하면서 얼굴은 돌고래, 몸은 펭귄인 괴수가 출현한다.

그렇듯 큰 혼란에 빠진 펠스케이로 시내를 두 명의 플레이어가 질주한다.

기이하게도 게임 시절 같은 길드에 있었던 플레이어, 샤이닝세이버와 코랄은 사건 직전에 우연히 재회한 참이었다.

기사단장의 의무감에 따라 돌격하는 샤이닝세이버와 이에 동조한 코랄은 급이 높은 괴수에게 스킬을 퍼붓지만, 예상치 못한 반격에 중상을 입고 만다.

이어서 나라의 마법사단이 반격을 개시하지만, 괴수는 아랑곳하지 않았다.

한편, 육감이 아닌 요정의 예감으로 이변을 감지한 케나는 도시 밖에서 이에 대처한다.

앞뒤 안 가리는 케나의 마법 화력으로, 괴수는 불기둥이 되어 소멸하고 만다.

사건 후, 얼굴을 마주한 샤이닝세이버와 코랄에게서 케나는 게임 서비스 종료 때까지의 비하인드 스토리를 듣게 된다.

그리고 코랄에게서 펠스케이로 근해에 가라앉은 수호자의 탑 정보를 얻었다. 정보의 대가는 스킬 양도였다.

일단 변경 마을로 돌아온 케나는 마을에 정착하는 게 어떻겠냐는 제안에 마음이 끌려, 촌장과 협상한다.

그러는 한편, 마을에 와 있던 오우타로퀘스에서 온 조사단을 만난다.

그때 조사단의 호위로 동행했던 모험가 남매 중 여동생이 케나에게 시비를 걸지만, 간단히 제압당한다.

동생 클로피아의 패배를 본 오빠 클로프는 태도를 싹 바꾸고, 오우타로퀘스의 사자로서 케나 앞에 무릎을 꿇는다.

클로프는 오우타로퀘스의 여왕이 케나의 조카라고 털어놓았다.

여왕 사하라셰드는 과거 하이엘프 커뮤니티에서 케나가 동생처럼 대한 여자 플레이어 사하나의 양녀였다. 케나는 클로프의 권유를 거절하지만, 만나는 관계자들이 전부 나라의 핵심 인물이라는 사실에 전율한다.

다시 펠스케이로로 돌아온 케나는 도적 잔당 소탕에 나서는 기사단에 동행하는데, 샤이닝세이버와 너무 친근하게 노는 바람에 두 사람은 기사들에게 연인 사이로 오해받는다.

이동 중에 무언가에게 습격당하는 해프닝을 극복하고 기사단과 헤어진 케나는, 수상한 안개에 휩싸인 어촌에 발을 들여놓는다.

그리고 좀비가 배회하는 불온한 어촌 안을 탐색하다가, 조사를 위해 방문한 모험가 쿠올케와 마주친다.

마을 지하 창고에서 살아남은 소녀를 보호하고 있던 것은, 낯익은 두 사람이었다.

이전에 케나가 헬슈펠 모험가 길드에서 길을 물었던 적이 있는 두 사람은 게임 플레이어로 판명된다.

그중 한 명인 드래고이드(용인족)는, 과거 케나가 속했던 게임 속 길드의 동료였다. 부캐 '엑시즈' 의 정체는 길드의 양심 포지션이었던 타르타로스다.

세 사람은 오랜만의 회포를 풀면서도 소녀를 지키기 위해 행동을 개시한다.

케나는 소녀를 지키고자 집사 록시리우스를 소환한다.

플레이어 능력을 해방한 세 사람의 힘 앞에, 유령선과 그 부하들은 허무하게 스러진다.

결국 스킬 마스터 No.5의 수호자의 탑인 용궁을 해방한 케나는 의지할 곳이 없어진 소녀, 루카를 맡기로 한다.

그리하여 새로이 메이드 록시느를 소환하고, 루카를 데리고 변경 마을로 이주한다.

마을 생활이 시작되고, 케나는 이전에 리트와 했던 약속을 지킨다. 그것은 소환수를 이용한 공중 산책이었다.

동행자는 루카와 공무점 주인의 아들 라템이다. 세 사람을 데리고 마을 주변의 경치를 만끽하던 중, 에리네의 상단이 마물에게 습격당하는 상황과 마주친다.

케나는 마물들을 물리치고, 위기에 빠졌던 아비타가 이끄는 화염창 용병단도 구출한다.

또한 매직 아이템으로 퀘스트의 적이 마을 근처에 잠복해 있다는 것을 감지한 케나는 아비타 일행과 함께 격파한다.

하지만 같은 시각, 꽃 왕관을 만들려고 아이들 셋이 마을을 빠져나가는 사고가 발생했다.

꽃밭에서 마물에게 포위된 아이들을 구한 것은, 케나가 루카에게 주었던 부적에서 나타난 화이트 드래곤이었다.

마물을 물리치고 숲에 깊은 상흔을 새긴 브레스 공격의 여파를 느끼고, 케나는 서둘러 마을로 돌아와 아이들이 무사한지 확인한다.

그로부터 얼마 후, 생필품을 구하러 사카이 상회로 향한 케나는 모험가 길드의 의뢰로 찾아온 코랄 파티를 증손자인 이즈쿠에게 소개한다.

국경에서 회담이 있다는 정보를 케이릭에게 받은 케나가 마을로 돌아오자, 아들 스카르고가 와 있었다. 그는 왕의 대리인 자격으로 회담에 참석하기 위해 왔다고 했다.

그리고 케나는 록시리우스와 함께 마을의 방비를 강화한다. 그 힘은 플레이어조차 순식간에 해치울 정도였다.

다음에 케나는 사회 견학을 위해 루카와 리트를 데리고 펠스케이로로 향한다. 골렘으로 개조한 포장마차에 록시느와 함께 타, 에리네의 상단에 동행한다.

하지만 그 골렘 포장마차의 희귀함이 성가신 귀족의 눈에 띄어, 남몰래 표적이 되었다는 경고를 에리네에게 받는다.

그런 상황 속에서 도착한 펠스케이로에서는 강 축제라는 행사가 한창이었다.

하지만 에지드 강에서 정체불명의 큰 그림자가 목격된 탓에, 본 축제는 열리지 못한 채 도시에는 당혹스러운 분위기가 흐르고 있었다.

케나는 모험가 길드의 의뢰로 큰 그림자를 제거하기 위해 행동을 개시한다.

에리네의 상회를 통해 집을 빌려 자리를 잡은 케나는 아이들을 록시느와 소환수에게 맡기고 강을 조사하러 나선다.

그 무렵, 암흑가의 조직이 귀족의 의뢰를 받아 케나의 관계자를 납치하기 위해 움직이기 시작했다. 하지만 아이들을 지키는 록시느 앞에 차례차례 분쇄되고 만다.

아지트로 도망쳐 돌아온 그들을 기다리고 있던 것은, 또 다른 경로로 보내진 무시무시한 악마들이었다. 공포와 폭력에 노출된 그들은 속수무책으로 흉측한 장식물로 변해버린다.

그것이 무시무시한 악마의 이름과 함께 기사단에 발견되어, 기사들의 경계심을 고조시킨다.

케나는 자신을 부른 투기장 수호자를 찾아가고, 거기서 지금 일어나고 있는 불길한 그림자 사건의 범인을 알게 된다.

놀랍게도 그것은 수호자의 반지에 있는 반응을 따라 바다에서 거슬러 올라온 이동형 수호자의 탑이었다. 거대 대왕고래 형태인 수호자의 탑과 마주한 케나는, 탑을 펠스케이로에 머물게 하고자 터무니없는 작전을 짠다.

인맥을 이용해 기사단과 왕녀에게 연락해 협력을 요청하고, 한바탕 연극을 벌이는 케나.

연극은 대성공으로 끝나고, 대왕고래 수호자의 탑은 신의 사자로서 중간섬 상류에 머물게 된다.

걱정거리가 사라진 펠스케이로에서는 강 축제가 열리고, 도시는 초거대급 활기에 휩싸인다.

거기서 아이들과 축제를 만끽하던 케나였지만, 학원에 들렀을 때 귀족 도련님에게 시비가 걸리고 만다.

하지만 마법직 한계돌파 스킬 마스터에게 보통 사람이 당해낼 리 없고, 새끼 고양이처럼 쫓겨나고 만다.

그날 밤, 축제의 여운도 채 가시지 않은 가운데, 케나를 건드리려고 했던 귀족은 무시무시한 마족을 이끄는 마인족에게 습격당해, 동전 던지기로 최후가 결정되고 만다.

한편, 케나는 건축용 목재를 구매한 것에 대한 감사를 표하기 위해, 카타츠를 만나러 중간섬의 공방을 방문했다.

그리고 아이들이 공방 견학을 가서 시간이 남은 케나는 낚시를 시작한다. 이것이 연이은 월척으로 이어져, 최종적으로는 키메라 같은 마수까지 낚아 올린다.

케나는 이를 무난하게 해치우지만, 레어 광석이 떨어진 것을 보고 키메라 같은 마수도 어딘가의 이벤트 몬스터였음을 알게 된다.

돌아오는 길에 코랄과 스카르고를 만나고, 케나는 변경 마을로 귀환한다.

하지만 마중 나온 록시리우스는 무릎을 꿇고 한 장의 메모를 들고 있었다. 거기에는 딱 한마디, '이름을 붙여라' 라고만 쓰여 있었다.

그 대상이 요정임을 이해한 케나는, '쿠' 라는 이름을 붙여준다. 키의 여동생 같은 느낌으로.

케나는 쿠를 마을 사람들에게 소개하지만, 마을 사람들은 요정이 본 사람에게 행운을 가져다주는 존재임을 알고 곤혹스러운 반응을 보였다.

케이릭에게 납품하는 마도구 건으로 불려간 케나는, 그와 이즈쿠에게 쿠를 소개하고 편의를 봐주는 대신 의뢰를 받는다.

그 와중에 샤이닝세이버로부터 온 플레이어 간 긴급 통신으로, 펠스케이로가 마물에게 습격당하고 있다는 소식을 듣고 황급히 달려 나간다.

급히 달려간 펠스케이로의 동문에서 공룡 시리즈의 몬스터 '프테라' 에 농락당하던 병사들을 구하고 이를 분쇄한 뒤, 피난을 권고하고 적 본진을 부수러 향한다.

가차 없는 실력을 발휘하여 펠스케이로를 침공하려던 마물들을 섬멸한 케나는, '크림슨 피그' 피짱을 앞세워 별동대가 들이

닥치는 서문을 지원하러 갔다.

같은 시각, 남쪽 나라 오우타로퀘스에서는 관광 명소였던 거대 땅거북이 폭주하여, 왕성을 향하는 경로를 취하고 있었다.

이에 기사와 모험가들이 동원되어, 거북이의 진로를 바꾸기 위해 등딱지 위에 사는 인물과 접촉하는 작전이 세워진다. 그때 의뢰로 방문했던 쿠올케와 엑시즈도 사건에 휘말리게 된다.

두 사람이 현지에서 우연히 함께하게 된 드워프, 스킬 마스터로 판명된 '은귀' 라는 이름의 노인과 함께 등딱지 위의 건물로 돌입해 보니, 그 안은 방송국 촬영장 같은 곳이었다.

일행은 그 퀴즈 프로그램 세트에서 양아치 같은 불상 수호자에게 퀴즈 도전자로 인식되고, 얼떨결에 시련이 시작된다.

도중에 쿠올케가 탈락했지만, 엑시즈와 은귀가 시간 내에 합격해서 거대 땅거북은 오우타로퀘스의 왕성 바로 앞에서 움직임을 멈춘다.

한편, 마물 무리에 의해 습격당하고 있는 펠스케이로에서는 특수한 마물에 의해 기사단이 조종당해 모험가와 대치하는 사고가 발생했다.

하지만 기사들의 오만한 태도에 모험가들 역시 불만이 쌓여 있었기에, 참가 중이던 아비타의 부추김에 넘어가 평소의 원한을 기사들에게 부딪쳐 무력화한다.

그곳에 피짱과 함께 난입한 케나는, 무리를 이끌던 마물을 섬멸한다.

그 뒤로 전장 후방에 있던 스카르고와 상담하는 자리를 마련했지만, 어째서인지 그 자리에 왕족이 동석하게 되어 케나는 당황한다.

왕과 왕비는 아들 딸이 신세를 진 것과 왕도를 지키는 데 힘을 보탠 케나에게 고마워한다.

그 자리에서 케나는 오푸스의 행방을 알아보고자 쿠의 기억에 있던 밤의 신전에 대해 스카르고에게 묻지만, 유력한 정보는 얻지 못했다.

하지만 그것은 케나의 기억에 있던 사소한 착각으로, 오푸스의 거처는 간단히 판명된다. 그곳은 과거에 오푸스와 함께 만든, 초보 플레이어를 골탕 먹이는 던전이었다.

현재 그 장소는 오우타로퀘스에 있으며, 던전을 공략하기 위한 마을이 생겼다는 사실을 알고 놀라는 케나.

오우타로퀘스로 향한 케나가 만난 것은, 이전에 변경 마을을 방문했던 클로프와 클로피아, 워캣(묘인족) 남매였다.

어쩌다 보니 그들도 동행하게 되어, 쿠를 포함한 네 사람은 던전에 돌입한다.

그 던전은 플레이어를 대상으로 만들어졌기에 스킬이 없으면 위험을 감지할 수 없었다. 그렇다 보니 앞서가던 클로피아가 웃길 정도로 간단하게 함정의 세례를 받는다.

중반부터 현지인들은 대처할 수 없는 마물이 출현하기 시작하고, 케나가 유감없이 그 실력을 발휘하자 동요하는 클로피아.

그리고 이동 중 오빠에게 케나가 자신이 경애하는 여왕의 이모라는 사실을 알게 된 클로피아는 태도를 180도 바꾸더니, 이어서 죄책감을 못 이기고 스스로 함정에 빠지려 한다.

그런 클로피아를 구하려 억지로 던전 바닥을 뚫고 내려간 케나는 마침내 최하층에 도달한다.

마침내 중간 보스급 악마와 대치하게 되지만, 전투 도중 트라우마를 건드린 악마의 말에 격분한 케나는【엑스트라 스킬】의 다중 사용으로 악마를 쓰러뜨린다.

그리고 케나는 마침내 최하층에 있는 오푸스와 오랜만에 대면한다. 하지만 너무나도 막장인 오푸스의 태도에 폭발한다.

그리하여 자신이 가진 최대 위력의 공격으로 쿠와 함께 오푸스에게 덤벼드는 케나.

하지만 이전에 사용한【엑스트라 스킬】로 MP가 고갈되고 약화된 케나는, 역으로 오푸스에게 구조된다.

그 오푸스는 던전 마을 한쪽에 만든 은신처로 케나와 클로프 일행과 함께 이동하더니, 메이드 엘프 사이렌에게 케나의 간호를 부탁하고 어딘가로 나가버린다.

오푸스가 몰래 만난 것은 던전 마을에서 도구점을 운영하는 전 플레이어였다.

언젠가 반드시 협력하겠다는 약속을 나누고, 두 사람은 헤어진다.

그 뒤로 마차로 천천히 변경 마을로 돌아가던 도중, 케나는 오푸스로부터 충격적인 이야기를 몇 가지 듣게 된다.

VRMMO 리아데일이 케이나만을 위해 만들어졌다는 것.

케나가 이 세계에 온 것은 육체가 사라진 직후이며, 여관에 던져지기까지는 던전 안에서 200년이나 잠들어 있었다는 것.

그동안 케나의 영혼에 게임 시스템이 설치되었다는 것.

쿠가 사실은 게임의 서브 시스템을 담당하고 있다는 것 등이다.

덧붙여 키와 오푸스가 의외로 사이 좋아 보이는 것을 깨닫고 의아해하지만, 적당히 얼버무려진다.

그 무렵, 헬슈펠에서는 광산에서 노역 중인 도적 두목 플레이어에게 케이리나가 병사가 되길 권하고 있었다.

마침내 변경 마을로 돌아온 케나는 오푸스와 사이렌을 록시즈(록시리우스&록시느)와 루카에게 소개한다.

사이렌은 싸움만 하고 일을 똑바로 하지 않는다며 록시즈에게 벌을 주고, 케나 가문의 메이드장 자리에 앉는다.

마을에서는 오푸스의 환영회가 열리고, 오푸스와 케나는 마을 사람들의 술안주 취급을 받는다.

그다음 날, 케나는 오푸스로부터 게임 세계에서 현재의 세계에 이르게 된 사실을 알게 된다.

그 뒤로 케나는 루카와 함께 오푸스의 탑으로 날아간다.

그때 게임 시스템의 혜택으로 현지인인 루카와도 파티를 맺을 수 있음을 확인한다.

헬슈펠에 들른 케나 일행은 사이렌으로부터 마을에 헬슈펠 기사가 와 있다는 연락을 받는다.

여관에서는 에리네, 아비타와 재회해 오푸스를 소개했다.

케나는 왕성으로 향하지만, 오푸스는 루카와 쿠를 데리고 모험가 길드로 향하고, 그곳에서 쿠올케와 엑시즈를 만나 옛날처럼 엑시즈를 놀린다.

성에 간 케나는 케이리나의 안내로 기사단으로 안내받고, 그곳에서 과거 도적 두목이었던 플레이어를 병사로 채용했다는 이야기를 듣는다.

그리고 케나를 부른 이유는【징벌의 목걸이】를 풀어서 그가 온전한 활동을 할 수 있게 하기 위함이라고 한다.

그리하여 도적 두목이었던 마인족 플레이어, 코이로그의 목걸이를 풀어주고 복수심을 담아 실컷 놀려준 케나는 에리네의 상단과 함께 헬슈펠을 떠난다.

그 과정에서 투기제 이야기를 들은 케나는 원거리를 연결하는 마도구로 그 광경을 볼 수 없을까 하고 오푸스에게 상담하지만, 그 편리한 도구가 있던 길드 거점은 게임 마지막 날에 폭파되었다는 경악스러운 사실을 알게 된다.

프롤로그

끝없이 하얗게 물든.

끝도 없고, 앞도 보이지 않는 수수께끼의 공간이 형성되어 있었다.

장소를 특정하기 쉽지 않고, 누구나 아는 원초의 풍경과 일치하는 곳도 없다.

주위에 움직이는 것은 아무것도 없고, 생명이 존재하지도 않는다.

이 공간은 그저 정적만이 감도는 쓸쓸한 장소다.

이곳이 어디에 있는지, 무엇을 위한 장소인지를 아는 자는 극소수다.

이 장소는 그저 '존재하기' 위해서만 있다.

결국은 지극히 개인적인 이유로만 사용되는 공간이다.

그래서 사용 빈도는 매우 낮다.

그리고 사용자인 극소수 중, 두 생물이 밥상을 사이에 두고 마주 앉아 있었다.

아까부터 말없이 서로를 마주 보고 있었지만, 아니, 생물이라 불러도 될지 의문이 들 정도로 존재가 희박했다.

하나는, 아른거리는 환영처럼 똬리를 튼 작은 뱀.

하나는, 윤곽이 불분명하고 때때로 그 모습에 노이즈가 스치는, 늙은 까마귀였다.

그것들이 언제부터 이곳에 존재했는지는 불명이며, 그것들이 누구인지는 각자 알고 있으면 그만인 일이다.

마치 맞선이라도 보는 듯한 상황에서, 먼저 입을 연 것은 작은 뱀 쪽이었다.

『주인께 너무 스스럼없이 구는 것 아니냐, 까마귀여.』

『흠…….』

책망하는 듯, 타이르는 듯한 발언에 까마귀의 눈동자가 날카롭게 가늘어졌다.

칼끝을 시각화한 듯한 존재감을 발하고 있었다.

반면 뱀은 그 모습에 어울리지 않는 바위와도 같은 안정감을 지니고 있다.

『어쩔 수 없지. 안에 숨어 있는 너와는 달리, 지금의 나는 독립된 존재이니 말이다.』

그 말을 들은 뱀은 꼿꼿이 세웠던 머리를 낮추고 날름 내민 혀로 자신의 코끝을 핥았다.

『이런 장소에서 이야기할 필요가 있는가?』

『그 녀석에게 들키지 않는 장소에서 이야기하자고 약속했을 터인데.』

멋쩍은 듯 눈을 내리깐 뱀은, 마지못해 고개를 끄덕인 후 머리를 들었다.

『이렇게 마주 대하긴 오랜만이로구나, 까마귀여.』

『여관에 그 녀석을 데려다 놓았을 때 이후로 처음이로군, 뱀이여.』

『현재 상황에서는, 지금의 이름으로 부를까?』

『이곳에서는 이름 따위 아무 소용도 없다. 불필요하다.』

재미있다는 듯 눈을 빛내는 뱀과는 달리, 까마귀는 퉁명스럽게 대응했다.

애초에 노닥거리려고 이런 공간으로 이동한 것이 아니다.

용무가 끝나면 파기할 뿐인 공간에, 불필요한 정보는 남기고 싶지 않을 뿐이다.

『실컷 이야기할 기회라도 있었다면, 사정 설명도 좀 더 자세히 할 수 있었을 테지.』

『새삼스럽군. 이번에도, 지난번에도, 그 전에도. 하는 일은 무엇 하나 변하지 않았다.』

까마귀는 날개 끝을 쓱 들어 올려, 어깨를 으쓱하는 듯한 몸짓을 보였다.

반면 뱀은 상관없다는 듯 눈을 내리깔고, 머리를 좌우로 흔들 뿐이었다.

『그분께서는 나 같은 것을 신경 쓰지 않고 지내주시면 된다.』

『그 녀석이 한번 인식한 자를 내버려둘 성격으로 보이는가?』

『으음…….』

『게다가, 뒷수습을 나 혼자에게 떠넘기지 마라. 네놈이 말을 전하는 게 더 빠를 테지. 일 좀 해라.』

말끝에는 책망하기보다 인정하게 만들려는 듯한 울림이 담겨 있었다.

『그걸 바란 것은 네놈 아니더냐. 가끔은 감수하고 그 역할에 종사하도록.』

『어느 시대나 세상은 힘든 일밖에 없군. 때로는 누군가에게 다정한 말이라도 듣고 싶은 법인데.』

『그분께 부탁해 보는 것은 어떠냐?』

『마법에 맞아 날아가는 미래밖에 보이지 않는구나…….』

날개로 머리를 감싸고 우는 시늉을 하는 까마귀를, 뱀이 매섭게 쏘아보았다.

『현실 도피에도 정도가 있는 법이다, 까마귀여.』

『여전하구나, 농담이 통하지 않는 녀석.』

혀를 찬 까마귀는 아무 일도 없었다는 듯이 날개를 펴고, 표표한 태도로 돌아간다.

너무나도 오랜 세월을 함께하며 지금까지 몇 번이고 잔소리한 뱀도, 까마귀에게는 쇠귀에 경 읽기라는 것을 알고 있다.

그럼에도 불평하지 않는다는 선택지가 없는 것이, 악연인 까닭이다.

『그것은 예정대로 일으킬 테지?』

『오래된 유산이니 말이다. 그것만큼은 억지로 연결한 공간이 남긴 선물이지. 관계자를 모아 없애두지 않으면 왜곡의 원인이 될 것이다.』

뱀과 까마귀는 나란히 한숨을 쉬었다.

골치 아픈 문제지만, 피할 수는 없는 길이기 때문이다.

이것만큼은 힘으로 밀어붙이든 무엇을 하든, 닥치는 대로 쓸 수 있는 것을 쓸 수밖에 없다.

그것이 설령, 경애하는 주인이라 할지라도.

『자세한 것은 다시 연락하마.』

『그래.』

『아니, 그 녀석에게 전할 때라도 들어두는 게 좋을 것이다.』

그렇게 두 생물의 짧은 회합은 끝을 고했다.

회합이라고 할 수 있을까. 푸념을 늘어놓는 자리였던 것 같기도 하지만.

말없는 공간이 불평할 수 있을 리도 없다.

마지막은 짧은 인사를 나누고, 두 생물은 홀연히 그 공간에서 모습을 감췄다.

이윽고 그 하얀 이름 없는 공간에도 금이 가고, 가장자리부터 스르르 무너져 내린다.

남은 것은 아무것도 없고, 잔재가 번쩍이고 흩어질 뿐이다.

제1장 눈알과 수색과 수호자와 여왕

"으음……."

"자, 케나 님. 싹둑 따 버리면 되는 겁니다. 괜찮아요."

"아니, 싹둑 따라고 해도 말이지."

록시느의 재촉을 받은 케나는 눈앞에 열린 열매를 보며 곤란한 표정을 지었다.

장소는 마을에서 떨어진 숲속이다.

케나와 록시느의 눈앞에는 작고 붉은 열매를 잔뜩 매달고 있는 덤불이 몇 개 있었다. 한입에 먹을 수 있는 작은 열매를 맺는 '루슈' 라는 과일의 야생종이다.

변경 마을 같은 곳에서는 어른들에게도 호평받는 몇 안 되는 단맛이다.

숲에서 얻을 수 있는 은혜 중 하나지만, 희소 가치는 높다.

변경 마을을 둘러싼 자원이 풍부한 숲속에 있고, 야생 동물 등도 먹기 때문에, 주의 깊게 접근하지 않으면 흉포한 짐승과 마주칠 위험이 따르지만, 이 두 사람은 예외 중의 예외다.

한쪽은 대륙 최강의 마술사. 한쪽은 흉포함으로는 다른 누구에게도 뒤지지 않는 메이드다.

강하고 약하고를 떠나, 케나로서는 자그마한 실험을 위해 밖으로 나왔던 것인데, 그렇다면 동행하겠다고 나선 것이 록시느였다.

록시느도 딱히 케나가 걱정되어서 동행한다는 생각은 추호도 하지 않았다.

그저 단순히 자신의 용무를 우선하는 김에 따라왔을 뿐이다.

지금은 케나를 안내하는 형태로, 숲속에 드문드문 있는, 식사 시간의 디저트가 될 재료를 채집하러 왔을 뿐이었다.

종자에게 심부름의 구실로 이용당하다니, 주인으로서는 격노해도 이상하지 않을 사안이다. 하지만 케나도 겸사겸사 나온 것이고, 록시느가 그런 약삭빠른 인물이라는 것을 알기에 딱히 불평할 생각도 없었다.

"시이는 어떤 게 익었는지, 보고 알아?"

"물론입니다. 저의 메이드 경력 100년을 얕보지 말아 주셨으면 합니다만."

"그, 그렇구나……. 헤에."

록시느는 머리 위의 고양이 귀를 쫑긋 세우고, 잘난 듯이 가슴을 폈다.

케나는 쓴웃음을 지으면서, 내심 '아니, 당신은 그렇게 오래 가동하지 않았잖아' 라며 기가 막혀 했다.

록시느는 소환 메이드이므로, 게임 속에서도 불러낸 것은 십수 번 정도다.

게다가 이 세계에서 풀어놓은 지 아직 반년 정도밖에 지나지 않았으니까, 도저히 100년이라는 세월을 보냈을 리가 없다.

"그렇게 말하는 건 좀 심했고. 식물에 관해서는 케나 님이 더 잘 아시지 않나요?"

조금 전까지 으스대던 태도는 어디로 갔는지, 표표한 미소를 띤 록시느가 돌아보며 그렇게 말했다.

"어머, 알고 있었구나."

"그야 물론이죠. 다른 누구도 아닌 주인님의 일이니, 어지간한 것은 알아두지 않으면 메이드의 체면이 서지 않습니다."

"메이드의 체면, 이라니……."

거기까지 말할 정도의 정보가 자신에게 있었나 하고, 케나는 고개를 갸웃거렸다.

물론 케나 자신의 과소평가이고, 메이드와 집사는 그 성격을 이미 잘 아니까, 주인의 그런 반응은 완전히 무시한다.

식물에 관해 케나가 잘 아는 것은, 그 종족이 하이엘프이기 때문이다.

하이엘프는 식물의 목소리도 들을 수 있어, 자연 속에서 은혜를 누리기 쉽다, 라는 것은 게임 속 설정상의 텍스트였다.

하지만 이 세계로 넘어온 후 실제로 식물의 목소리가 들리게 되자, 그 은혜도 틀리지 않았음을 실감할 수 있다.

다만, 식물 소재를 채집할 때는 항상 식물의 비명을 들어야 한다는 정신적 고통도 따르기에, 케나에게 있어서도 일장일단이 있었다.

"그래서, 제 생각으로는 뭘 따도 괜찮을 것 같은데, 케나 님이 보시기에는 어떻습니까?"

"글쎄……."

기대하는 듯한 미소를 록시느에게 받으며 열매에 집중하자 "나를 먹어줘."라고 간청하는 듯한 목소리가 몇 개나 들려왔다. 그 모두가 붉게 익은 열매에서 나는 소리였다.

어째서인지 이런 열매는 비명을 지르지 않기에, 그 점만큼은 안도할 수 있는 요소다.

"뭐든 다 괜찮은 모양이야."

"알겠습니다."

활짝 웃는 얼굴을 한 록시느가 기쁜 듯이 열매를 따는 것을 보면서, 케나는 왼쪽 어깨에 있는 무언가를 향해 말을 걸었다.

"보일 거라고 생각하는데, 어때?"

『괜찮아!』

『문제없을 거다.』

첫 번째는 쓸데없이 활기찬, 또 한 명은 팔짱을 끼고 고개를 끄덕이고 있는 모습이 상상된다.

처음은 쿠의, 다음에 들린 것은 오푸스의 긍정이었다.

그리고 케나가 말을 건 무언가는 사람 머리 크기만 한 눈알이었다.

조금 전의 쿠와 마찬가지로, 케나의 왼쪽 어깨 부근에 둥실둥실 떠 있다.

그것은 【쌍둥이 눈】이라는 게임 아이템으로, 이번에 케나가 탑에 있는 아이템 박스에서 꺼내 온 것이다.

장소를 바꿔, 변경 마을 여관 식당의 한쪽에서는 아이들이 흥미진진하게 테이블 위에 떠 있는 눈알을 쳐다보고 있었다.

그 자리에 있는 것은 루카와 리트, 라템 외에 쿠와 오푸스, 사이렌, 그리고 얼굴이 파랗게 질린 미미리다.

원래대로라면 아이들도 파랗게 질린 미미리 쪽에 속해야겠지만, 그리폰이니 뭐니 하는 것들과 접촉한 일 때문에 이제 와서 눈알 따위로는 놀라지 않는, 쇠심줄처럼 질긴 정신력을 갖추고 있었다.

게다가 케나가 가져온 물건이 아이들을 해칠 가능성은 거의 없으므로, 생긴 것이 다소 독특하더라도 관심은 아이템의 효과로 향한다.

"뭐예요, 이 기분 나쁜 물체는……?"

식사하러 온 미미리는 식당 한쪽 테이블 위에 거대한 눈알이 있는 것을 보고 작지 않은 비명을 질렀다.

그만큼 처음 보는 사람에게는 기이한 광경인 것이다.

그렇게 당황하는 미미리를 재미있는 걸 볼 수 있다며 오푸스가 막무가내로 끌고 왔다.

미미리는 일단 테이블 근처로 억지로 끌려왔지만, 눈알에 괜히 더 다가가려 하지 않았다.

"재미있어."라고 아이들에게 몇 번이나 들을 때까지 반신반의했던 것은 말할 것도 없다.

아이들 앞에 있는 눈알은【쌍둥이 눈】. 케나의 손에 있는 것도【쌍둥이 눈】.

'쌍둥이' 라는 이름 그대로, 이것은 두 개가 하나의 효과를 내는 아이템이다.

그것은 한쪽 눈알에서 본 사물이나 광경을 다른 눈알에서도 동기화해 볼 수 있는 효과였다.

"문제가 되는 부분을 제외하면, 정상적으로 작동하고 있는 셈이로군."

"보이기만 해!"

깔깔 웃는 쿠에게 잠시 시선을 돌리지만, 금세 눈알, 다시 말해【쌍둥이 눈】으로 시선을 돌리는 아이들과 미미리.

현재 진행형으로, 거기서는 케나가 록시느와 함께 주변 숲에서 과일이나 열매를 따는 광경이 보이고 있었다.

어린 몸으로는 좀처럼 밖에 나갈 수 없는 아이들에게, 그 광경은 정신이 팔릴 만한 가치가 있는 것이다. 뭐, 한번 사고를 친 적이 있는 아이들에게는 마을 밖이 아직 공포의 장소겠지만.

"마을 근처에도 이런 곳이 있구나."

"시이 언니, 이렇게, 따고, 있었구나."

"전에는 로틀 아저씨한테 부탁하면 따다 주시긴 했는데. 찾기 힘들다고 하셨어."

감탄하는 라템과 뚫어지게 쳐다보는 루카. 마을의 단맛 사정을 이야기하는 리트다.

별로 크지 않은 변경 마을에서도, 사냥꾼 역할을 혼자 맡는 로틀의 부담은 크다.

최근에는 이렇게 밖에 채집하러 나간 록시느가 습격당한 김에 해치운 사냥감을 가져오거나, '단백질이 부족하군.' 이라고 중얼거리는 오푸스의 요청에 따라 록시리우스나 사이렌이 사냥을 가기도 해서 로틀의 입지가 서서히 좁아지고 있다.

그래도 마을의 균형을 깨뜨릴 생각이 없는 케나가 있기에, 오푸스가 균형 조절을 맡아 고기를 너무 많이 마을 사람들에게 공급하지 않도록 하고 있었다.

그래서 록시느나 사이렌의 아이템 박스에는 남는 고기가 많아지는 문제(?)가 발생하고 있다.

너무 늘어나면 케나가 헬슈펠까지 날아가, 사카이 상회에 주는 꼼수를 쓰기도 한다. 사카이 상회 자체에도 식육 부문이 있어서 줄 수 있는 양은 별로 많지 않지만.

"역시 한 번에 볼 수 있는 인원은 이 정도가 끝인가."

이야기를 되돌려서, 오푸스가 못마땅하게 중얼거리는 것은 【쌍둥이 눈】의 한계다.

문제가 되는 것은 효과 범위로, 둥근 테이블 중앙에 떠 있는 【쌍둥이 눈】에서 나오는 영상을 볼 수 있는 것은, 그 주위를 둘러싸고 설 수 있는 인원이 고작이다.

그리고 영상은 볼 수 있지만, 소리는 하나도 들리지 않는다.

영상 속 케나와 록시느는 담소를 나누며 숲속 곳곳에 있는 채집 포인트를 돌고 있지만, 목소리나 BGM이 들어가지 않은 것만으로도 다큐멘터리 영상으로서는 불완전하다.

물론 이 세계에 영상을 볼 때 BGM을 넣는 풍습은 없고, 이처럼 먼 곳의 영상을 여러 명이 공유할 수 있다는 것 자체가 경악할 만한 아이템이다.

"역시 대형 프로젝터가 필요하겠지!"

갑자기 식당 문을 쾅! 열며 케나가 등장한다.

라템과 리트가 "어?! 깜짝이야!"라며 놀랐다.

"스킬까지 써서 문을 닫고 등장할 필요는 없지 않으냐."

"타이밍이 중요할까 싶어서, 그만."

등장 방식에 불평하는 오푸스에게, 케나는 혀를 쏙 내밀고 미안한 기색 없이 쓴웃음을 짓는다.

"깜짝 놀라게 하지 말렴."이라고 말레르에게도 핀잔을 듣고, "죄송합니다."라며 머리를 숙였다.

낮에는 항상 개방하는 식당 문을 【끌어당기기】 스킬로 몰래 닫은 후 다시 열어, 큰 소리를 내며 나타나는 효과음 대신으로 사용한 것이다.

머리에 쿠를 얹은 루카만이 서너 박자 늦게 "깜짝, 놀랐어."라고 중얼거렸고, 쿠는 "아하하하."하고 웃었다.

케나와 함께 들어온 록시느 등은 아이들과 오푸스 옆을 아무렇지 않게 지나가, 채집한 성과물을 말레르에게 나눠주고 있다.

“매번 미안해서 어째.”

“그런 말씀 마세요. 다 돕고 사는 거니까요.”

이렇게, 걸걸한 말투였다면 시대극 같을 대화를 나누고 있었다.

록시리우스만 얽히지 않으면, 록시느는 엄청나게 내숭을 떨 수 있다.

이미 식당에서 록시리우스와 으르렁거린 과거가 있어 말레르에게 본성을 들켰지만. 그런 것은 상관없다는 듯이 온화한 태도를 무너뜨리지 않는다.

그런 록시느를 보고 한숨을 쉰 케나는 마음을 가다듬고, 기다리고 있는 오푸스를 마주했다.

“프로젝터라면 그 뭐냐. 받침대 말이냐.”

“그게 있으면 예쁜 영상을 여럿이서 볼 수 있고, 소리도 낼 수 있단 말이지.”

통칭은 프로젝터로, 정식 명칭은 받침대.

‘이름 좀 어떻게 할 수 없었나’ 시리즈로 불리는 물건들의 일부다.

【쌍둥이 눈】 전용의 옵션 설비다.

모양을 보면 중앙에 【쌍둥이 눈】을 끼워 넣는 홈이 세 개 있고, 좌우에 스피커가 있는 오디오 컴포넌트 같은 아이템이다.

대부분의 길드 홀에는 그것을 설치해서, 멤버가 밖에 나갔을 때의 퀘스트 진행 상황이나 던전 생중계 등에 사용했다.

전쟁 때는 운영진의 배려로 대규모 생중계 영상을 띄우기도 했다.

다만 받침대 자체는 제작할 수 있는 아이템이 아니다. 가게에서 그냥 파는 물건이었기에, 현재로서는 새로 구할 수 없다.

그렇다면 어떻게 해야 할까…….

"있을 만한 데서 슬쩍하면 되는 거야!"

역설하는 케나에 오푸스는 머리를 감쌌다.

"지금 슬쩍한다고 들렸는데……?"

"내 것은 내 것! 폭군 논리야!"

"음, 교육을 잘못했을지도 모르겠군."

영문 모를 논리를 주장한 케나에게, 오푸스는 어깨를 으쓱하고 못 말린다는 듯이 고개를 저었다.

오푸스는 게임 시절, 케나에게 일반 교양을 가르친 적이 있기에 나온 발언이다.

"있을 만한 곳을 닥치는 대로 조사하는 거라니까!"

"있을 만한, 곳?"

"오푸스치고는 눈치가 없네."라며 입을 삐죽이는 케나에게, 정말로 짚이는 곳이 없는 오푸스는 고개를 갸웃거린다.

케나는 그런 오푸스의 눈앞에, 스킬 마스터의 반지를 낀 손가락을 들이밀었다.

"이거라니까."

"수호자의 탑, 인가……. 오호라."

마침내 납득했다는 듯 고개를 끄덕이는 오푸스를 보고 안도하는 케나.

수호자의 탑에는 대용량 아이템 박스가 있으므로, 운 좋으면 그 안에 있을지도 모른다.

"오푸스가 어딘가의 창고에 처박았다고 하니까, 수호자의 탑 아이템 박스 정도밖에 생각나지 않았지만. 일단 다른 곳도 조사해 볼 생각은 했어."

현재 소재지가 판명된 수호자의 탑은 임시 마스터인 케나가 관리하므로, 아까 폭군 발언이 나오는 셈이다.

"말은 그래도, 실낱 같은 희망이로군."

"불안해지는 소리는 하지 마!"

안 해도 될 한마디를 덧붙인 오푸스를 툭 친다.

실제로 그렇긴 하지만, 찾기도 전에 좌절할 말은 하지 않았으면 좋겠다.

"어찌 되었든, 또 내일이군."

오푸스가 턱으로 가리킨 곳을 보니, 일과를 마친 마을 사람 몇몇이 식당 입구에서 보이는 곳을 걷고 있었다.

하늘이 희미하게 주황색으로 물들기 시작했으니, 오래 지나지 않아 이곳도 떠들썩해질 것이다.

둘러보니 케나 일행이 만담을 하는 동안 록시느는 사라지고 없었다.

진작에 집으로 돌아가, 사이렌과 저녁 식사 준비라도 하는 모양이다.

재빨리 【쌍둥이 눈】을 정리하고, 아이들에게 오늘 공개는 여기까지라고 알린다.

리트는 말레르가 불러서 일을 도우러 갔고, 라템은 약간 아쉬운 눈치이면서도 손을 흔들며 자기 집을 향해 달려갔다.

케나는 말레르에게 머리를 숙이고, 루카의 손을 잡아 오푸스, 쿠와 함께 집으로 돌아갔다.

"휴. 극락이네, 극락이야."

"극, 락?"

집에서 저녁을 먹은 케나와 루카는 공동 목욕탕에 와 있었다.

머리에 수건을 얹고서 편안하게 쉬고 있는 케나를 보고, 머뭇거리던 루카가 따라서 자기 머리에 수건을 얹었다.

그것이 금세 미끄러져 목욕탕에 떨어지자, 표정에 슬픔이 드러난다.

"조금 더 적셔."

"이렇게……?"

알몸으로 탕 표면을 스케이트 선수처럼 미끄러지던 쿠가 루카 곁으로 다가온다.

"조금 더 적시고.", "조금만 더 짜." 하며 젖은 수건이 루카의 머리 위에 고정될 때까지 세세하게 지시를 내린다.

몇 번 시도하여 안정된 수건의 감촉에, 루카와 쿠가 활짝 웃었다. 몰래 지켜보던 케나도 안도의 한숨을 쉬었다.

여탕에는 케나 일행 말고도 아주머니 몇 명과 미미리 정도가 있을까.

꽉 찼다고는 할 수 없지만, 비교적 사람이 많은 편일 것이다.

록시느도 불렀지만, 매정하게 거절당했다. 보아하니 사람이 적은 시간대를 골라 물만 바르는 수준으로 해결하는 모양이다.

"어느샌가 들어오셔서, 어느샌가 나가시는 것 같더라고요."

"뭐, 그 애는 경계심이 강하니까."

난처한 얼굴을 하는 미미리의 말에, 케나는 허탈한 웃음을 흘리며 뺨을 긁었다.

완고하게 케나 외의 다른 사람을 거부하는 이유는 잘 모르겠지만, 그게 해가 되는 것도 아니고 하니까. 케나는 록시느의 사생활에 딱히 깊이 관여하지 않으려고 했다.

벽 하나를 사이에 둔 남탕에서는 무언가 뛰어드는 소리와 라템을 꾸짖는 남자 목소리가 들린다. 아마도 아버지인 랙스겠지.

덧붙여 "조용히 안 하면 얼려버리겠다."라고 위협적인 오푸스의 목소리도 들려왔다.

순식간에 벽 너머가 조용해진다.

조용히 목욕을 즐기고 싶은 마음은 이해하지만, 위협하는 것은 너무 심하지 않나 하고 케나는 생각한다. 그렇다고 해서 남탕에 뛰어들어 딴지를 걸 생각은 없다.

그래서 다른 수단을 쓴다.

"쿠, 화살."

"응."

오른손을 내밀자, 그 위에 쿠가 물질로 구현된 빨간 화살표를 얹는다.

"키, 명중 예측."

『알겠습니다…….』

어이없다는 투로 키가 케나 앞에 창을 띄운다. 목소리로 산출한 오푸스의 위치와 포물선을 그리는 탄도 예측 궤도다.

케나는 빨간 화살표의 무게를 확인하듯 위아래로 흔들고는, 절묘하게 힘을 조절해 남탕과의 사이를 가로막는 벽 위로 던졌다.

2초 정도 기다리자, 남탕 쪽에서 "으악?!" 하는 오푸스의 목소리가 들려온다.

"이 자식이이이이이! 흉기를 던졌구나!"

"응응, 역시 키는 대단해. 예측이 완벽하네."

"키! 네놈, 두고 보자!"

벽 너머에서 오푸스의 욕설 섞인 고함이 울려 퍼진다.

그것을 코웃음 치며 흘려들은 케나는 아무렇지 않은 듯 미미리 옆에 앉았다.

"하하, 하."

"눈치 보지 말고 웃어도 되는데."

"그래도 미안하잖아요, 오푸스 씨한테."

미미리는 터져 나온 웃음을 황급히 틀어막았다. 케나가 팔꿈치로 찌르며 재촉하지만, 미미리는 미안한 듯 중얼거렸다.

케나 옆에서는 멍하니 입을 벌리고 있는 루카와 배꼽을 잡고 웃는 쿠가 대조적이다. 루카는 갑자기 벌어진 투척계 딴지 개그를 따라가지 못하는 모양이다.

"응?"

케나 주변이 잠시 조용해진 틈을 노렸는지, 아주머니들 사이에서 한 명이 물을 가르며 다가왔다.

"루이네?"

케나 옆에 앉은 사람은 말레르의 딸이자 리트의 언니인 루이네다.

이미 마을 안에서 결혼했고, 저녁에만 식당 일을 도우러 온다. 남편은 마을 청년으로, 케나도 밭을 갈 때 몇 번 인사한 적이 있었다.

"정말, 케나네는 언제나 시끄럽다니까."

"아, 시끄러웠어? 아주머니들한테는 민폐였으려나."

"저기요. 그렇게 말하면 케나가 더 늙었잖아?"

히죽히죽 웃으며 루이네가 나이로 우위를 점하려 든다.

확실히 육체 연령으로 따지면 케나가 이 마을에서 제일 연장자일 것이다. 정신은 인생 경험이 부족한 어린애지만, 그걸 말해도 믿어주지 않을 것 같다.

이미 이 마을에는 펠스케이로의 살아있는 역사 사전이라 할 스카르고가 방문한 적이 있으니 말이다. 저런 아들이 있으면서 '사실은 루이네보다 나이가 어려요.' 라고 말해도 그저 분위기를 띄우려는 농담으로밖에 받아들여지지 않을 것이 틀림없다.

스카르고가 마을에 왔을 때 현장을 봤던 록시리우스에 따르면, 촌장의 부탁을 받아 마을 광장에서 신의 사랑을 설파하는 스카르고에게, 눈을 하트 모양으로 만든 마을 여자들(젊은이부터 노인까지)이 열광적인 성원을 보냈다고 한다.

이야기를 들은 케나가 '트로트 가수 공연인가?' 라고 생각했던 것은 기억에 새롭다.

"그래서?"

"뭐, 뭐가?"

"무슨 할 말 있었던 거 아니야?"

"어, 어떻게 알았어? 그것도 연륜이라는 건가."

"저기, 아니거든요."

때때로 공동 목욕탕에서 마주치기는 하지만, 루이네는 마을 아주머니들과 수다를 떠는 경우가 많다.

케나가 변덕스럽게 그 무리에 다가가는 일은 있다. 저쪽에서 다가오는 일도 가끔은 있다. 하지만 아주머니들과는 대화가 잘 이어지지 않는다.

휘말려서 고개 끄덕이는 기계가 되는 것보다 조용히 목욕물을 즐기는 것이 케나의 취향이다. 대개는 약한 마력을 방출하여 고요한 분위기를 풍기기 때문에, 아주머니들도 수다에 끼우려고 하지 않게 되었다.

이번에는 루카가 있어서 그런 액티브 스킬을 꺼두었다. 그래서 가장 이야기하기 편해 보이는 루이네가 온 것이리라.

"저기 말이야."

"왜 그렇게 말을 못 해. 혹시 묻기 어려운 거야?"

"뭐, 묻기 어렵다면 어렵긴 한데, 말이지."

잠시 갈등하던 루이네는 최종적으로 입 밖에 꺼내 보기로 한 모양이다.

왠지 허리를 펴고 눈을 들여다보듯이 물어왔다.

"케나의 말이야."

"응."

"남편은 뭐 해?"

"응?"

루이네의 질문은, 언젠가 누군가에게 질문받지 않을까 하고 예상했던 사항 중 하나였다.

이 점에 관해서는 키와 상담하여 이미 정해 두었다.

하이엘프 케나로서, 이 세계에서 살아가기 위한 설정이다.

"사별했으려나."

"어……?"

루이네의 얼굴이 순식간에 파랗게 질리는 것을 보고, 마음속으로 '미안해요.' 라고 고개를 숙이며 케나는 태연하게 웃었다.

"응, 이미 오래전 일이니까 신경 쓰지 마. 루이네가 미안해할 필요는 없으니까. 괜찮아."

"미, 미안해. 물어보면 안 되는…… 어?"

"그러니까 괜찮대도. 응?"

"그, 그래?"

당황하는 루이네에게 웃어 보이자, 말을 삼키고 나서 작게 고개를 끄덕였다.

정확히 말하자면 아이들의 아버지는 게임 시스템이다. 그 시스템 자체도 지금은 케나 안에 있기 때문에, 바보처럼 정직하게 설명하면 진짜 영문을 모를 일이 된다.

울며 겨자 먹기로, 이전에 스카르고에게 설명했던 변명을 공식 설정으로 한 것이다.

이렇게 해두면 혼자서 아이들을 키울 수 없어서 입양 보냈다는 변명도 하기 쉬워진다.

말만 듣고 보면 아이들에게 눈총을 살 만큼 인간 쓰레기의 변명이다. 게다가 그 후, 세상이 싫어져 숲에 틀어박혔다(아이들에게 들었다)고 하니, 진짜 막장이다.

다른 선택지가 없으므로, 이건 어쩔 수 없다. 그토록 따라주는 아이들에게는 미안한 마음으로 가득하다.

"왜 그래, 케나? 역시 신경 쓰이는 거야?"

"아, 괜찮아. 잠깐 다른 생각 좀 하느라."

미간에 주름을 잡고 생각에 잠겨 있었더니, 루이네가 얼굴을 들여다보고 있었다.

옆에서는 걱정스러운 얼굴을 한 루카가 바싹 붙어 있었기에, 생각에 너무 몰두했던 모양이다.

손을 파닥파닥 흔들며 아무것도 아니라고 평정을 가장한다.

루이네는 의아해했지만, 더 추궁하지 않았기에 가슴을 쓸어내린 것은 말할 것도 없다.

그리고 다음 날.

오푸스와 쿠와 함께 집을 나선 케나는, 집 현관에서 걱정스럽게 바라보는 루카에게 손을 흔들었다.

"잠깐 여기저기 둘러보고 오기만 할 거니까 괜찮아, 루카."

"둘러보고 오기만 할 거야!"

"응……. 꼭, 돌아, 와야, 해?"

"솔직히 말해 이 세계 최고 전력이긴 하다만, 어딘지 모르게 비장감이 감도는 이유가 뭘까?"

오푸스가 초점이 안 맞는 눈으로 엉뚱한 방향을 쳐다보며 한숨을 쉰다.

무슨 비장감이 감도는지 케나로서는 알 수 없었기에, 약간 언짢은 표정이 된다. 이제 막 떠나려는데 불안해지는 말은 하지 않았으면 좋겠다.

불안의 원인은 지금도 절찬리에 불안 요소를 구축하고 있는 루카 때문이다.

어지간한 고난이라면 물리칠 수 있는 전력이지만, 어디서 삐끗할진 아무도 모르니까, 좌우지간 방심은 금물이다.

"시이랑 록스, 집을 잘 부탁해."

"네."

"아가씨의 뒷바라지는 맡겨 주십시오."

공손하게 고개를 숙이는 것은 록시느와 록시리우스뿐이다. 나머지 한 명은 어디에 있나 했더니, 새침한 얼굴로 오푸스 옆에서 있다.

"사이렌도 따라오려고?"

"주인님을 내버려두면, 무슨 일이 일어날지 모르니까요."

"그, 그렇구나……."

대체 무슨 짓을 하면 메이드의 신용을 이토록 잃는 걸까. 눈을 반쯤 감고 오푸스를 흘겨보자, 자기는 결백하다는 듯 고개를 저었다.

"일단, 내 탑이랑 오푸스 탑 말고는, 투기장이랑 용궁, 고래랑 땅거북?"

손가락을 꼽아 세는 케나를 보고, 오푸스가 어깨를 축 늘어뜨린다.

"겨우 절반인가. 탑에 관해서는 나도 정확한 소재지를 파악하고 있지는 않으니 말이다. 케나가 시스템을 자유자재로 쓸 수 있다면 편할 텐데."

"으으, 미숙해서 죄송합니다. 애초에 얼마 전에야 소재를 알게 된, 당사자도 잘 모르는 걸 어떻게 다루라는 거야?"

"그건 뭐, 네 감성에 맡길 수밖에 없지. 이렇게 차크라를 돌리듯이 꾸욱, 하고."

"알 수 없는 예시를 들어도 할 수 있을 리가 없잖아!"

이제 완전히 남 일이라는 듯한 말투에 케나는 소리치며 되받아친다.

게임 시스템이 영혼과 동화된 상태라고 들은 지 얼마 되지도 않았는데, 그것을 자유자재로 다루라는 것은 억지다. 취급 설명서고 뭐고 없는 데다, 자기 안에 이물질이 있다는 느낌도 들지 않으니까.

게다가 서브 시스템 담당은 요정이다. 링크해서 어떻게 하라고 해도 전혀 이해할 수 없다.

"뭐, 그 부분은 차차 익숙해지는 수밖에 없지."

"100년 단위로 시간이 걸릴 것 같아."

핼쑥한 얼굴로 케나가 중얼거린다.

이어서 아이템 박스에서 각 탑의 반지를 꺼내 용궁의 반지를 들고 입을 열려다가 멈칫한다.

"왜 그러지?"

"역시, 키워드를 꼭 외쳐야 할까?"

이것만큼은 몇 번을 외쳐도, 나중에 부끄러움에 몸서리치는 것이 변하지 않는다.

여러 가지 요소를 대량으로 포함한 키워드는, 케나로서도 그다지 연호하고 싶지 않은 말이다. 왜 옛날의 자신은 이것에 순순히 OK를 해버렸을까.

“네가 자신의 스펙을 여러모로 다룰 수 있게 되기까지는 키워드가 필요할 것이야. 포기해라.”

“네에…….”

풀이 죽어 어두워진 케나가 다시 반지를 하늘로 쳐든다.

오푸스는 재빨리 스테이터스창을 훑어봐 네 사람이 파티 상태임을 확인한 뒤, 케나에게 고개를 끄덕여 신호를 보낸다.

희미하게 빛을 두른 쿠를 어깨에 얹고, 케나는 키워드를 드높이 외쳤다.

사실은 작은 목소리로 중얼거리고 싶지만, 큰 소리도 키워드를 외치는 필수 조건이므로 배짱을 부리는 수밖에 없는 것이다.

【난세를 수호하는 자여! 타락한 세계를 혼돈에서 구해라!】

록시느 일행의 눈에는 케나가 외친 순간에 머리 위로 마법진이 전개되고, 거기서 폭포수 같은 물이 나와 일행을 삼키는 것처럼 보였다.

굉음을 내며 소용돌이치는 물줄기가 케나 일행을 뒤덮고, 위에 있는 마법진이 위에서 수직으로 내려온다. 물줄기도 사람도 똑같이 넣어서 지면에 도달한 마법진은 흩어져서 사라졌다.

“…….”

조금 전까지 마법진이 있던 장소로 달려간 루카는, 멍하니 입을 벌리고 놀라고 있었다.

이전에 스켈레톤(오푸스의 수호자)의 장소까지 이동했던 마법(이라고 생각하고 있다)을 제삼자로서 보는 것이 처음이기도 하다.

"물……."

"안심하세요, 루카 님. 방금 그건 연출이므로, 실제로 케나 님 일행이 물에 삼켜진 건 아닙니다."

"그런, 거야?"

"네."

"다행, 이다."

록시리우스의 말에 안심한 루카의 얼굴에 웃음이 돌아온 것을 확인하고, 록시느는 몸을 숙여 소녀와 시선을 맞춘다.

"오늘은 뭘 하시겠습니까? 또 바느질을 하시겠습니까?"

"응, 바느, 질. 열심히, 할래."

눈에 강한 빛을 담고 손을 쥐는 루카는 누가 봐도 흐뭇해진다. 사이렌이나 록시느에게 간단한 옷본을 받아, 즐겁게 쿠션을 만드는 것이 요즘 루카의 일과다.

완성된 쿠션은 대부분 골렘 포장마차 안이나 케나의 집 거실에 있다. 그중에서 잘 만들어진 것은 루카의 허락을 받고, 사이렌이 가끔 오는 에리네의 상단에 팔러 간다.

그것을 소액의 현금으로 바꾼 후, 용돈으로 루카에게 준다.

다만 재료인 천이나 실은 케나가 【크리에이트 스킬】로 만들어 내는 고급품이므로, 에리네로서는 가공 전 물건을 팔아주었으면 하는 심정이다.

케나와 오푸스, 사이렌, 쿠는 키워드를 외친 후 거의 순식간에 대륙 반대편에 있는 장소에 나타났다.

이런 행위를 쉽게 할 수 있기에, 게임 시절에는 스킬 마스터뿐만 아니라 장거리 이동 마법을 회의적으로 말하는 플레이어도 있었다.

물론 그 비난도 '매출이 줄어든다'는, 중간 마을이나 도시에서 노점을 여는 행상인 플레이어들에게서 나온 것뿐이었지만.

그 대부분은 수도 등에서 좋은 자리를 잡지 못해 불만이 있는 자들로, 일일이 상대해 주는 것이 더 귀찮다는 이유로 기피당했지만.

네 사람이 내려선 곳은 수면에 떠 있는 커다란 잎사귀가 다수 배치된 공간이었다.

주변에는 분홍색이나 흰색 등의 커다란 연꽃이, 이 또한 많이 수면 아래에서 얼굴을 내밀고 있었다. 작았다면 귀엽게 보며 마음이 치유되었겠지만, 이곳에 있는 꽃은 대부분 어른이 쏙 들어갈 만큼 거대하다. 게다가 때때로 줄기를 꿈틀꿈틀 움직여 춤추는 것처럼 보이기도 한다.

어떤 의미에서는 징그럽다는 말이 딱 맞아떨어진다.

애초에 과거 이 탑을 관리했던 스킬 마스터 리오테크는, 징그럽고 귀여운 것을 모으는 것이 취미였기 때문이다.

아이템부터 소환수, 장비까지. 케나가 본 리오테크는 강렬한 보라색 해우(바다 민달팽이) 옷을 입거나, 길이가 10미터나 되는 지네를 말 대신 타고 다니는 등, 케나와는 다른 의미로 악명이 자자했다.

"리오테크 씨도 나쁜 사람은 아니지만, 말이지."

"그러고 보니, 가끔 징글귀염 주의보 같은 게 뜨기도 했었지."

두 사람은 동시에 머릿속에 그녀가 인형 옷을 입고 의기양양하게 서 있던 모습을 떠올렸다.

그것이 우스워서, 케나와 오푸스는 동시에 웃음을 터뜨렸다.

"어~서~ 오~세~요~."

어깨를 들썩이는 두 사람에게, 유난히 커다란 연잎 위에 자리잡은 수호자의, 늘어지는 목소리가 들려왔다.

케나가 돌아본 곳에는 덩치가 소만 한 청개구리가 번들거리는 눈을 두 사람에게 향한 채 조용히 서 있었다. 청개구리라고는 해도 색은 핫핑크, 자연계에는 존재하지 않는 색상이다.

목을 부풀려 '개골' 하고 울더니, 명령을 기다리는 듯 눈을 가늘게 떴다.

"실례할게."

"실례하마."

상냥하게 손을 흔드는 케나와는 대조적으로, 오푸스는 불손한 태도를 무너뜨리지 않는다.

곁눈질로 수호자를 한번 본 것만으로 미간에 주름이 잡혔다.

"뭐냐, 저 양서류는……."

"리오테크 씨니까."

"코멘트는 삼가겠습니다."

"싸움꾼 양서류야!"

"네?"

쓴웃음으로 답하는 것이 케나.

사이렌은 오푸스의 오른쪽 뒤편에서 '나는 상관없다' 는 듯이 서 있고.

케나조차 곤혹스러워하는 활기 넘치는 발언을 한 것이 쿠다.

핫핑크 청개구리 수호자는 그다지 동요하지 않고 고개를 갸웃거릴 뿐이었다.

"양서류♪ 양서류♪"

"어, 음……."

흥겹게 공중에서 뛰는 쿠는 무시하고, 케나는 서둘러 목적이라도 달성하고자 수호자에게 말을 건다.

"여기 아이템 박스는 분명 이거였지?"

따라온 오푸스는 수호자를 시야에 넣지 않으려는 듯 탑 내부를 관찰하고 있을 뿐이고, 사이렌은 조용히 서 있을 뿐이다. 오푸스나 케나가 무언가 부탁하면 그것을 실행해 줄 것 같지만, 이 안에서라면 케나가 실행해야 한다.

케나가 핫핑크 청개구리에게 확인을 포함해 손가락으로 가리킨 것은, 활짝 핀 연꽃 중에서도 특히 작은 노란색 꽃잎이었다.

"그~래~요~. 그거~예~요~."

핫핑크 청개구리 수호자가, 눈의 안쪽 눈꺼풀을 깜빡깜빡하며 긍정한다.

케나가 잎사귀 위를 이동해 그 꽃에 다가가자, 그에 반응하듯 꽃잎이 벌어진다.

꽃잎을 살펴보니 바닥에 수호자의 반지를 끼우는 홈이 있었다.

"아아, 이거야 이거. 고마워."

"천~만에~요~."

케나가 손을 뻗어 수호자의 반지를 끼우자, '부웅' 하는 소리와 함께 꽃이 부상하기 시작한다. 팔이 끌려가는 형태가 된 케나는, 황급히 그곳에서 뛰어내렸다.

"어어어?!"

참고로 이 멍청한 반응은 이번이 두 번째다.

"흠."

꽃잎, 줄기에 이어 물속에서 올라온 것은 케나의 탑과 마찬가지로 옷장 형태를 본뜬 아이템 박스였다.

그것이 물을 가르며 나타나자, 눈을 빛내며 반응한 일행이 한 명 있었다.

"좌아악, 하고 나왔어!"

마치 비밀기지 같은 등장에, 쿠가 꺅꺅대며 흥분하고 있다.

그걸 본 오푸스는 어이없다는 듯 한숨을 쉬었다.

케나가 다가가 자신의 아이템 박스를 열자, 그에 연동되어 탑의 박스도 열린다.

"흠, 역시 반지가 없으면 무리인가."

손안에서 무언가, 자신의 창 화면을 조작하며 다가온 오푸스가 연신 고개를 끄덕이고 있다.

"뭐 하는 거야?"

"별거 아니다. 연동에 끼어들 수 없을지 시험해 봤을 뿐이다."

아무래도 스킬 마스터 칭호가 다른 탑에서도 무조건 통하는지 시험해 본 모양이다.

하지만 탑의 기능에 접근하려면, 그 탑 전용의 반지가 필요하다는 결론에 도달한 듯하다.

그것을 듣고 있던 케나는, 머릿속에 떠오른 승인 화면에 도장을 쾅 찍었다.

특별히 의식하고 한 것은 아니다. 갑자기 머릿속에 그 화면이 표시된 것이다.

별생각 없이, 이것이 최선이라고, 본인도 잘 모르는 사이에 승인했을 뿐이다.

"음?"

그와 동시에 오푸스의 옆에, 또 하나의 화면이 떴다.

멍하니 입을 벌리고 있는 오푸스가 참 드물다고 느끼며, 무슨 일이 일어났는지 눈을 돌린다.

거기에는 케나가 좌우에 두고 있는 화면과 같은 것이 표시되어 있었다.

"아아, 오푸스 쪽에서도 박스 내용물이 보이게 됐구나."

감탄하며 고개를 끄덕이자, 눈빛이 흐릿해진 오푸스가 케나를 내려다본다.

"왜 그래?"

"갑자기 이쪽에도 접근 승인이 떴는데. 넌 지금 뭘 했지?"

"음? 뭘 했긴…… 음?"

말로 표현하기 어려워 끙끙거리고 고민하다가, 최종적으로 결과만 전하기로 했다.

"승인 화면에 도장만 찍었는데……?"

"정말이지, 무의식중에 시스템을 장악하고 있구나. 뭐, 됐다."

"어, 뭐야?"

케나의 의문에는 대답하지 않고, 오푸스는 손안의 화면에서 손가락을 움직인다.

희미하게 움직이는 눈이, 표시되는 내용을 고속으로 읽어 나간다.

직립 부동인 사이렌은 그렇다 치고, 한바탕 소란을 피우고 만족했는지 쿠는 케나의 어깨로 내려와 화면을 들여다보더니 "보석이다!"라며 눈을 빛낸다.

케나는 또 소란을 피우기 시작하지 않을까 경계하지만, 그 걱정은 헛수고로 끝났다. 쿠는 날아오르지도 않고, 케나의 어깨 위에서 얌전히 있었다.

뭐, 대량의 음표 마크는 날아다니고 있었지만.

"으음, 보석이네. 보기 좋게 보석뿐이야……."

용궁의 아이템 박스 안을 차지하고 있던 것은 대량의 보석이었다.

"【간이 소환】의 촉매로군. 몇 개는 봉입이 끝난 모양이지만."

"아아, 자주 '나와라 ○○!' 같은 거 외치면서 보석 던져서 소환했었지, 리오테크 씨."

【간이 소환】이란 【서먼 매직】(소환 마법)의 염가판이다.

결론적으로는 둘 다 큰 차이는 없지만, 【간이 소환】은 미리 소환한 대상을 보석 등에 봉인해 두어야 한다. 사용할 때는 그 보석을 바닥 등에 던져 깨뜨리면, 봉인한 것이 출현한다.

장점은 주문을 사용할 필요가 없고, 미리 만들어 두면 MP를 소비하지 않는다는 점.

단점은 보석 등급에 따라 봉인 대상의 레벨이 낮아지는 것이다.

예를 들어, 케나가 그 자리에서 소환할 수 있는 케르베로스는 480레벨이지만, 【간이 소환】에 의존하면 레벨은 절반 가까이 떨어져 버린다.

게다가 게임이라고는 해도, 보석이란 대체로 비싼 상품이다.

봉인할 수 있는 것은 소환만이 아니라, 마법도 가능했다.

레벨에 관계없이 강한 마법을 펑펑 쏴댈 수 있기에 누구나 하나쯤 '비장의 무기'를 가지는 것이 암묵적인 룰이 되었다.

케나도 그런 보석을 몇 개 만들어 자금 마련에 이용했던 적도 있다.

리오테크의 소지품을 집대성했다고 할 수 있는 아이템 박스에는 대량의 미사용 보석과 제법 많은 【간이 소환】 봉인 보석, 그리고 원석 그대로 방치된 보석이 있었다.

보아하니 지리적 이점을 이용해 수중에서 광맥을 파낸 모양이다.

"나는 별로 접점이 없었으니. 습성까지는 파악하지 않았다."

"습성은 무슨……."

스킬 마스터는 13명밖에 없었지만, 모두가 친하게 지낸 것은 아니다.

방금 말했듯 다른 사람과의 교류를 피한 오푸스의 예도 있다.

스킬 마스터에게도 정기 회의가 있어서 최소한의 정보 교환의 장은 있었지만, 그 자리에서만 만나는 사람도 있었던 모양이다.

그러는 케나도 정기 회의 말고는 전혀 만나는 일이 없는 플레이어가 몇 명 있었으니 남 말을 할 처지는 아니다.

"으음, 꽝이네."

"처음부터 이래서야, 앞날이 걱정되는군."

오푸스의 비꼬는 말에 케나는 입을 삐죽인다.

"내가 관리하는 수호자의 탑은 아직 더 남았으니까, 처음부터 불길한 소린 하지 마."

"불길하고 자시고, 확정 사항일 텐데."

"진짜 그런 말밖에 안 한다니까! 다음에 또 올게!"

"또~ 오~세~요~."

볼을 부풀린 케나는 핫핑크 청개구리에게 작별을 고하고, 다음 수호자의 반지를 꺼내 하늘로 쳐들어 키워드를 외친다.

쿠와 사이렌, 무언가 말하려던 오푸스도 함께 용궁 안에서 그 모습이 사라졌다.

다음에 네 사람이 모습을 드러낸 곳은 직경 50미터는 족히 되는 반원형 돔 안이다.

발밑에는 녹색 선으로 격자처럼 구분된 무기질적인 바닥.

머리 위에는 푸른 하늘과 구름의 영상. 그 한가운데에 솜인형 같은 태양이 둥실둥실 떠 있어, 느긋하고 긴장 없는 분위기를 더하고 있었다.

방 중앙에는 조각이 새겨진 대리석 기둥 위에, 작은 단풍나무가 심어진 화분.

거기서 연기가 흘러나오듯 나타나, 하얀 마네킹 인형 같은 형태를 취한다.

왕도에 있는 수호자의 탑 중 하나, 투기장을 관리하는 연기 수호자다.

연기 수호자는 가슴에 손을 얹고 공손하게 고개를 숙였다.

『어서 오십시오, 케나 님. 오늘은 무슨 일로 오셨습니까?』

"오랜만이네. 마력은 어때? 충분해?"

『현재로선 얼마 전 받은 것이 있으니, 몇 년은 무탈하게 유지할 수 있을 겁니다.』

"그래? 다행이네."

조금이라도 짬이 생기면 정기적으로 각지의 탑을 돌며 MP를 보급하고 있기에, 케나 자신의 탑이 아닌 장소도 문제없이 유지가 가능한 모양이다.

만약을 위해 케나는 동행자의 설명도 덧붙여 둔다.

"아, 맞다. 이쪽이 스킬 마스터 No. 13 오푸스. 그리고 그 메이드인 사이렌. 이쪽은 우리 가족인 쿠야."

『어서 오십시오. 아무것도 없는 곳이지만, 편히 쉬다가 가십시오.』

"음, 짧은 시간이지만 실례하마."

오푸스는 거만하게 고개를 끄덕였고, 사이렌은 말없이 머리만 숙였다.

쿠에 이르러서는 "안녕!" 하고 말하며 연기 수호자에게 돌진해, 몸을 통과하여 반대편으로 뛰쳐나가 깔깔 웃고 있었다.

그것에 맛을 들였는지, 고속으로 날아다니며 연기 수호자를 통과하며 놀고 있다.

객관적으로 보면 기이한 광경이었다.

케나는 수호자에게 아이템 박스의 위치를 물었다.

『그거라면.』 하고 돌아온 대답은 수호자의 반지를 솜인형 같은 태양을 향해 던지라는 것이었다.

"던지라고?! 이걸?"

『네, 마음껏 던지십시오.』

케나는 여전히 쿠가 몸을 통과하며 놀고 있는 연기 수호자와 반지, 영상 속을 둥실둥실 떠다니는 태양을 차례로 바라본다.

잘 모르겠다는 표정이었지만, 마음을 굳힌 듯 고개를 끄덕이고는 【투척】, 【절대 명중】, 【강력(剛力)】 등의 스킬을 발동하여, 말 그대로 있는 힘껏 태양에 반지를 던졌다.

인형 같은 태양의 중심부로 반지가 빨려 들어가고, 잠시 후 돔 안에서 휘릭휘릭 하는 소리가 울려 퍼졌다.

마치 먼 곳에서 무언가 낙하하는 듯한 소리였다.

게다가 하나가 아니라 여러 개의 소리가 합창하듯 포개진다.

"불길한 예감이 드는군……."

"너무, 세게 던졌나?"

한 줄기 땀을 삐질 흘린 오푸스와 케나가 소리의 출처를 찾으려고 고개를 돌린 순간, 그것이 떨어졌다.

천장을 구성하는 격자 몇 개가 덜컥 열리더니, 단단하고 무거워 보이는 돌기둥이 갑자기 나타나 낙하를 시작했다.

곧이어 여기저기 격자에서도 차례차례 낙하하는 바람에, 바로 아래에 있던 세 사람은 새파랗게 질려 그것을 응시했다. 하지만 한 명만은 신기한 듯 그것들을 바라보고 있었다.

"꺄아아아아아악?!"

"으헉!"

"?!"

"흐에?"

차례로 떨어지는 돌기둥을 피하기 위해, 세 사람은 황급히 그 자리에서 흩어졌다.

케나는 순간적으로 【하이 무브】(고속 이동) 마법을 사용해, 바닥을 미끄러지듯 회피한다.

오푸스는 맞을 것 같은 것들만 몸을 놀려서 휙휙 피한다.

사이렌은 수호자의 본체인 화분 근처로 이동해 있었다. 안전지대이므로 그 행동은 정답이다.

쿠는 안전지대에 있었는데도 뛰쳐나와 위에서 떨어지는 돌기둥을 회피하는 놀이에 참가하고 있었다. 놀이가 아닌데도.

돌기둥 낙하는 겨우 몇 초만 이어졌다.

당하는 입장인 케나로서는 1분 정도는 계속된 것처럼 느껴지는 긴장의 연속이었다.

다 멈추고 나서 케나가 안도의 한숨을 쉬었을 때였다. 【위험 감지】에 따라 몸을 젖힌 케나의 턱 끝을 돌기둥이 스쳐 지나간 것은.

아무래도 벽 쪽에서 갑자기 나타난 모양이다.

긴장이 풀린 틈을 노린, 마치 오푸스처럼 얄미운 사양이다.

다음에 또 올까 봐 긴장으로 몸을 굳힌 케나가 보는 앞에서, 박혀 있던 돌기둥은 바닥으로 가라앉았다.

다만, 수호자의 본체인 화분 옆에 하나만 낯익은 아이템 박스가 남아 있다.

그것을 확인한 케나는 한숨을 푹 쉬고, 흐물흐물 주저앉았다.

"뭐야, 정말, 방금 그건!"

씩씩거리며 불평하는 케나였지만, 거기에 키로부터 잔혹한 한 마디가 전해진다.

『제 방벽이 있으니, 피하지 않아도 됩니다만……』

"아……."

자신이 코끼리가 밟아도 부서지지 않는(실제로는 더 튼튼한) 키의 방벽으로 덮여 있다는 것을, 케나는 완전히 잊고 있었다.

회피 행동이 없어도 문제없이 몸을 지킬 수 있었던 셈이다.

애초에 저런 것이 떨어지면 누구든 허둥지둥 도망칠 게 뻔하다며 투덜거리고 있을 때, 오푸스가 사건의 진상을 연기 수호자에게 묻고 있었다.

"그래서, 저건 뭐냐?"

『저것은 쿄타로 님의 설정하신 훈련용 놀이 장치입니다.』

"놀이 장치?"

『네. 반지를 던지는 속도나 위력에 따라, 난이도가 변하는 훈련이라고 말씀하셨습니다.』

"호오."

오푸스의 가라앉은 눈이 스윽 이동하여 케나를 포착한다.

"아, 아하하하……."

듣고 있던 케나는 방금 그 돌기둥이 무엇인지 깨닫고, 딱딱해진 얼굴로 허탈한 웃음을 흘렸다. 조금 전 돌기둥 난무는, 스킬까지 써서 반지를 내던진 케나 탓임이 명백하다.

아이템 박스를 여는 과정에 훈련을 도입하는 쿄타로도 감성이 이상하지만.

그보다 알고 있었으면 먼저 말하라고 하듯이, 케나는 연기 수호자를 쏘아보고 있었다.

수호자는 그런 인간의 감정에는 둔하므로, 그저 고개를 갸웃거릴 뿐이다.

비난 어린 오푸스의 시선에 식은땀을 흘리면서 아이템 박스 안을 확인하자, 뭐라고 해야 할까, 결과만 말하자면 꽝이었다.

"우와, 검밖에 없네……."

"흠. 한손검이나 대검 등이로군."

"쿄타로 씨도 검 수집가인가."

옆에서 본 오푸스도 눈이 휘둥그레질 정도로 종류가 많다.

방어구도 다소 있지만, 대부분을 차지하는 것은 검 종류다.

그중에는 코랄에게 준 【성전사의 혼(발할라)】이나, 특수 개체를 해치우지 않으면 구할 수 없는 검도 있어, 쿄타로가 훌륭한 검 수집가임을 보여주고 있었다.

"그래서, 다음은?"

"으으음. 다음은 마벨리아 씨네인데……."

스킬 마스터 No.1, 워캣 마벨리아.

일명 【검증의 악마】나 【스토커형 메모장】 등으로 불렸다.

대왕고래처럼 생긴 수호자의 탑은, 펠스케이로를 횡단하는 에지드 강의 중간섬에 접하듯이 정박해 있다.

이전에 왕녀나 기사단에 협력받아 케나가 벌인 한바탕 연극 탓에, 완전히 강의 수호신으로서 민중에게 숭배받고 있었다.

지금도 중간섬에 접해 있는 그 장소는, 주민들이 설치한 헌화대에 바쳐진 꽃다발이 산을 넘어서 벽처럼 쌓여 있다.

게다가 이전에 아이템 박스 확인을 마쳤고, 내용물은 거의 서류 뭉치뿐이다.

대부분 게임 중에 기록한 검증 결과가 상세하게 적힌 메모 종류다.

그렇게 말하는 케나나 오푸스마저도, 하이엘프나 마인족 같은 종족에 대해 인터뷰를 받은 적이 있었다.

당시 케나도 상세하게 이해하지 못하는 하이엘프족에 대해, 뿌리까지 파고들어 물어보는 마벨리아에게 상당히 질렸었다.

그런 사람이라도 없으면 없는 대로…….

"쓸쓸해지진 않으려나. 응."

"있으면 있는 대로 실로 시끄러운 녀석이었으니 말이다. 대화의 절반에 물음표가 붙었고."

""아하하하하, 하……. 하아~.""

케나와 오푸스는 허탈한 웃음을 흘리고, 동시에 어깨를 늘어뜨렸다.

당시를 떠올리는 것만으로도 머리가 진짜 아프다.

나쁜 사람은 아니다, 나쁜 사람은. 귀찮은 사람이긴 했지만.

"없는 사람을 생각해도 어쩔 수 없으니까! 그래서 다음!"

"뭐, 그렇지. 하지만 다음이 마지막이겠지?"

기분을 전환하듯 배에 힘을 주는 케나에게 한숨을 쉬고, 오푸스는 남은 수호자의 탑이 마지막 희망이라고 고한다.

뭐, 그쪽에 대해서는 별로 걱정하지 않는다.

애초에 그곳이 최종 목적지이기도 하다.

"마지막 장소라는 게, 거북이지?"

"그렇다. 반지는 받았겠지?"

"그야, 뭐, 받기는 했는데."

케나는 반지를 바꿔 끼면서, 다시 한번 "거북이라니." 하고 중얼거렸다.

"거북이한테 불만이라도 있는 게냐?"

"아니아니, 아니. 그보다 쿠죠네지?"

"그렇지. 그 녀석네지."

스킬 마스터 No.2, 쿠죠. 스킬 마스터 중에서 상식인 축에 속하면서도 어딘가 속세를 벗어난 분위기를 풍기는, 왜소한 남성이었다.

푸른 제복 같은 옷차림과 단안경, 그 특징적인 모습이 인상에 남아 있다.

생산직이라 전투는 잘하지 못했지만, 그 취미에 자주 어울려 게임 세계를 여기저기 돌아다녔다.

케나도 쿠죠에게 "살벌한 짓만 하지 말고, 마음을 진정시키는 데는 이거야."라는 말을 듣고 낚시 도구를 받은 적도 있다.

취미는 아이템 수집이다.

하찮은 것부터 귀한 것까지, 모든 플레이어에게 쓰레기라고 불리며 외면받는 허접한 아이템부터, 경매에서 극희귀로 불리는 고액 아이템까지, 쿠죠는 두루 가지고 있었을 것이다.

수호자의 탑에 상비된 아이템 박스만으로는 부족해서 추가로 돈을 써 아이템 박스를 늘리고, "아직 부족해."라며 자주 투덜거렸던 것을 기억한다.

확실히 그곳이라면 케나가 찾는 프로젝터도 있을 것 같다.

오푸스의 말을 믿는다면 확실히 있을 것 같지만, 어쨌든 방대한 수를 자랑하는 리아데일의 게임 아이템 중에서 해당 물건을 찾아내는 것은 고될 것 같았다.

"일단 가볼까."

일단 봐야 뭐든 말할 수 있다.

케나는 반지를 낀 손을 쳐들고, 오늘만 몇 번째인지 모를 키워드를 드높이 외쳤다.

눈앞의 광경이 격자에 표시된 푸른 하늘에서, 배경 그림으로 그려진 초고층 빌딩 숲과 여신상으로 바뀐다.

등 뒤에 즐비하게 늘어선 것은 촬영용 카메라들이다. 그것이 갑자기 나타난 케나 일행을 쫓아서 홱 움직이는 바람에, 다소 경계심이 생긴다.

그 무대 중앙, 바닥에서 얼마간 떠 있는 연꽃 받침대에 금색 불상이 가부좌를 틀고 있었다.

소리 없이 공중을 이동한 연꽃 받침대가 케나와 오푸스 앞에서 멈춘다.

그 위에서, 가슴 앞에서 손을 모은 채 불상이 머리를 깊숙이 숙였다.

『이게 누구십니까, 오푸스 님, 잘 오셨습니다. 이번에는 저에게 무슨 용무이신지요?』

"찾는 물건이 좀 있어서 말이다. 그걸 확인하러 왔다. 그리고 이쪽은 이곳 반지의 주인이 된 케나. 스킬 마스터 No.3다. 소개가 늦어진 것은 용서해라."

"왜 그렇게 정중하면서 무례한 거야, 당신은……. 그리고, 미안해요."

악덕 관리처럼 가슴을 펴는 오푸스에 어이없어하며, 케나는 불상을 향해 가볍게 목례했다.

『이것 참, 정중하시군요. 저야말로.』라며 더욱 고개를 숙이는 불상.

끝나지 않는 인사 주고받기 루프가 될 것 같았기에, 오푸스는 사이에 끼어들어 이야기를 끊었다.

"자자. 어서 확인하지 않겠느냐."

"아아, 잠깐! 잡아당기지 마!"

『부디, 마음대로 하십시오.』

오푸스가 케나를 끌고 간 곳은 무대 가장자리에 '관계자 외 출입 금지' 라고 명기된 문이다.

반지로 열쇠를 풀고 문을 열자, 오푸스는 마치 제집인 양 거침없이 안으로 들어간다.

뒤를 따라 방을 들여다본 케나는, 실내에 늘어선 것들을 보고 눈을 휘둥그레 떴다.

"우와아, 뭐야 이거……."

케나의 탑이라면 바닥에 박혀 있을 상비용 아이템 박스가, 바닥을 가득 메운 것도 모자라 천장과 벽에 빽빽하게 붙어 있다.

전부 해서 약 150개. 명백히 이것만으로도 돈을 엄청나게 썼음을 알 수 있다. 수집가의 집념은 무섭다.

"이걸 전부 확인하는 거야?"

"뭐, 둘이서 하면 빠를 것이다. 게다가 수집가라면 아무렇게나 넣어두지는 않았을 터. 가구나 마도구 등으로 분류했을 것이다."

"오푸스가 처박은 거 아니었어?"

"준 것은 나지만, 처박은 것은 쿠죠다."

말이 다르잖아! 라는 케나의 항의를, 오푸스가 시원한 얼굴로 받아넘긴다.

처음에는 질색하는 표정이었던 케나였지만, 오푸스가 명확한 지시를 내리자 순순히 고개를 끄덕이고 확인 작업에 들어간다.

사이렌이나 쿠는 반지를 쓸 수 없기 때문에, 아이템 박스 창고에는 들어가지 않고 방송 스튜디오 쪽에서 대기하고 있었다.

천장의 아이템 박스를 꺼내는 데 【벽 걷기】 스킬이나 【부유】 등의 마법도 사용한다.

케나가 방 안쪽에서부터, 오푸스가 앞쪽에서부터 차례차례 확인해 나간다.

키라면 일일이 전부 훑어보지 않아도 순식간에 파악할 수 있기에, 케나 쪽은 착착 진행되었다.

"음, 이거로군."

하나하나 천천히 확인하던 오푸스가, 실내 바닥 한가운데쯤에 있던 박스에서 옆으로 긴 컴포넌트를 꺼낸다.

중앙에는 둥근 것을 끼울 수 있는 홈이 세 개 있다.

케나가 원하던 프로젝터임이 틀림없다.

"좋아좋아, 이거야. 고마워, 오푸스."

"평소에도 그렇게 솔직하면 귀여울 텐데……."

"응? 뭐라고 했어?"

"아무 말도 안 했다."

오푸스는 적당히 얼버무려 둔다. 이런 미묘한 위치의 관계가, 지금의 자신에게 어울린다고 생각하기 때문이다.

의기양양하게 아이템 박스 방에서 나온 케나 일행을 본 수호자와 사이렌이 『『축하드립니다.』』라며 고개를 숙인다.

쿠는 세트 사이를 누비며 날아다니고 있어, 케나가 부를 때까지 눈치채지 못했다.

일단 실내에서 밖으로 이동한다.

수호자의 탑은 일부를 제외하고 메인 룸이 되는 방에 마법 무효 술식이 걸렸기 때문이다.

대개는 복잡하고 기괴한 미로를 통과하지 않아도 되도록 탑의 수호자에게 밖으로 보내달라고 하지만, 이 탑은 거대 땅거북 등에 얹혀 있을 뿐이므로 건물 밖으로 나가기만 하면 된다.

"잠깐, 잠깐만……."

밖으로 나와서야 케나는 탑에 일어난 이변을 감지했다.

이동형 수호자의 탑 중 하나인 땅거북이 움직이지 않고 있기 때문이다.

그도 그럴 것이, 이곳의 거대 땅거북은 지난번 오우타로퀘스 도시 침공 사건 이후, 퀴즈를 통과하고 조건을 충족한 승자의 뜻을 받아들여 왕도 앞에서 멈춘 상태였던 것이다.

현재, 거북이의 코앞에는 수목과 동화된 건물이 있었다. 한 걸음이라도 거북이가 더 나아갔더라면, 매우 끔찍한 일이 벌어졌을 것이다.

당초에는 경로를 통상적인 순회 루트로 되돌릴 예정이었지만, 엑시즈와 은귀 노인도, 아슬아슬한 싸움(퀴즈)에 정신이 팔려, 거기까지는 미처 신경 쓰지 못했다고 한다.

"잠깐! 왜 이런 데서 멈춰 있는 거야, 이거?!"

스튜디오로 뛰어 들어간 케나는 가부좌를 튼 수호자에게 달려들었다.

수호자는 케나의 기세에 잠시 눈을 피했지만, 무언가 생각난 듯 손뼉을 탁 쳤다.

『그러고 보니, 퀴즈 승자에게는 움직임을 스톱! 해달라는 말밖에 듣지 못했습니~다.』

"어이 어이, 엑시즈는 대체 뭘 한 거야."

『그리고~! 그 뒤로 아~무 지시도 없었기 때문에, 여기서 움직일 수 없습니~다.』

너무 대충인 수호자의 말과 행동에, 그러고 보니 하고 케나는 오푸스에게 시선을 돌린다.

"반지는 처음에 오푸스한테서 받은 거지?"

"음. 그렇지."

"거북이의 폭주 행위는 오푸스가 지시한 거고?"

"음. 그렇지."

"……."

"……."

말없이 여의봉을 꺼낸 케나를 보고, 오푸스는 그 자리에서 재빨리 무릎을 꿇었다.

"미안했다."

"사과할 거면 처음부터 하지 마아아아앗!"

대체 왜 이런 행위를 했는지 묻자, 오푸스는 순순히 자백했다.

"플레이어를 찾아내고 싶었던 것이다."

"으음. 확실히 플레이어가 아니면 퀴즈를 돌파하는 건 지극히 어려운 일이긴 하지. 근데 플레이어를 찾아서 어쩌려고?"

간신히 정답을 맞혔으니 망정이지.

엑시즈조차 모이지 않았을 경우, 오우타로퀘스의 왕도는 괴수에게 짓밟힌 영화처럼, 잔해와 시체의 폐허로 변했을 것이다.

그것을 생각하면 오푸스가 저지른 일을 눈감아 줄 수는 없다.

"아니, 제대로, 정말 아슬아슬하게 직전에 멈출 생각이었다."

땀을 뻘뻘 흘리며, 오푸스가 일단 변명을 입에 담는다.

"정말?" 하고 수호자에게 묻자, 양아치 불상은 끄덕끄덕 고개를 끄덕였다. 정말인 모양이다.

오랜 세월을 보낸 거대 땅거북처럼 보이는 수호자의 탑은, 마력 영구기관을 갖춘 엄청난 마도구 같은 것이다.

전체 제어는 수호자에 의해 이루어지고, 그것을 지배하에 두는 것이 스킬 마스터인 셈이다. 즉, 근본을 따지면 케나 이전에 반지를 소유했던 오푸스의 흉악한 행위라는 것.

"그보다 수호자의 탑을 어딘가로 날려 보내야 해."

"음, 날려 보내야만 하는가?"

"이렇게 왕도 바로 앞에 있으면, 사는 사람들은 힘들 거 아니야. '언젠가 움직일지도 모른다' 고 생각하면 스트레스로 쓰러질 거라고."

"그런가……?"

"그, 렇, 다, 고!"

케나가 못마땅한 듯 입을 꾹 다문 오푸스의 멱살을 잡고 팍팍 흔들자, "알았다, 알았으니 손을 놓아라."라며 마지못해 납득해 주었다.

문제는 이렇게 작은 산만 한 몸뚱이를 움직일 수단이다.

너무 큰 마법을 사용하면, 이 나라의 여왕에게 케나의 존재를 들킬 가능성이 매우 크다.

어쩌면 그것도 오푸스의 책략일지도 모르지만.

"근데 수호자의 탑은 직접적인 마법이 안 통하지……?"

"그렇지."

수호자의 탑은 스킬 습득의 시련으로 사용되는 목적 때문에, 매우 견고하게 만들어져 있다.

메타적인 이야기를 하자면 게임의 배경 그래픽 같은 것으로, 플레이어가 가진 스킬로 파괴하는 것은 거의 불가능하다.

시스템을 내포한 지금의 케나라면 가능하겠지만, 본인이 아직 그 힘을 주체하지 못하고 있으므로, 희망은 희박해 보인다.

"으으음."

고민한 끝에 거듭한 케나는 【매직 스킬】에서 【얼러게이트】(영역 전이)를 선택하고, 아래에 있는 거북이 전체를 영역으로 설정해 봤다.

이것 또한 습득 퀘스트 외에는 거의 사용하지 않는 기능이다.

그 퀘스트란, 호기심 왕성한 아기 드래곤(소환 마법 외에는 게임상에 존재하지 않는 드래곤이지만, 퀘스트 등에서 종종 출연하는 NPC)이 던전에 빠진 것을 구해내는 것이다.

사용상의 주의사항으로, 사방 5미터 이상의 물체와 사용자를 '어딘가' 로 날려 보내는, 지극히 두루뭉술한 마법이다.

그리고 그 날아간 어딘가에서 어미 드래곤이 있는 데까지 아기 드래곤을 호위해야만 겨우 퀘스트가 끝나는, 지독하게 귀찮은 퀘스트였다.

참고로 케나의 경우, 퀘스트 발생 장소인 청국에서 이웃 적국으로 날아가, 돌아오는 것은 매우 편했다고 한다.

오푸스의 경우는 흑국 끝까지 날아갔다고 하니, 사람에 따라 그 고생의 정도는 각양각색이며, 같은 퀘스트를 경험한 사람들끼리만 이야기할 때 좋은 화젯거리가 되기도 했다.

멀리 날아가는 것은 넘어가도, 가장 큰 걱정거리는 도시나 마을에 나타나지 않을까? 하는 점일 것이다.

게임 중에는 절대로 그런 곳에 떨어지지 않는다는 안심감이 있었지만, 이곳은 이제 현실이므로, 그 가능성이 없는 것은 아니다.

그런 앞날을 이래저래 생각하고 있었지만, 막상 마법을 발동시키자 거북이를 둘러싼 【얼러게이트】의 빛은 허무하게 흩어졌다.

"아차, 역시나."

반짝이며 부서진 빛이 마린 스노우처럼 공기 중에 떠다니자, 그것을 눈치챈 주민들이 거북이를 손가락으로 가리키며 무슨 일이냐고 소란을 피우고 있다.

사람들 눈에 띄었다는 것을 깨달은 케나가 숨을까 생각했을 때, 왕성 창문이 소리를 내며 갑자기 열렸다.

"어?"

그곳에 있는 것은 드레스 차림의 흑발 미녀다. 왠지 눈을 동그랗게 뜨고 케나를 응시하며 "이모님!" 하고 외치고 있다.

어디선가 들었던 그 멘트에 고개를 갸웃거린 케나였지만, 그 시선이 마주친 여성은 창문을 열어젖히고 방을 뛰쳐나와 바람을 두르고 케나 곁으로 날아 내려왔다.

"비행 마법, 이 아니라【정령 마법】?!"

보라색 그라데이션의 헐렁한 드레스. 긴 흑발에 앞머리 일부에 푸른 머리카락이 한 움큼 있는, 기품 넘치는 젊은 여성이다.

그것과는 별개로 느껴지는 것은 하이엘프의 기운이다.

스스로는 잘 모르겠지만, 그렇다고 알 수 있는 것은 시스템의 은혜일까.

쿠만이 경계하는 기색으로 케나의 머리카락에 숨지 않고 오푸스의 등 뒤로 날아가 모습을 감춘다.

신기한 반응이라고 생각하면서도, 케나는 신경 쓰지 않기로 했다.

쿠의 심기를 건드리면 여러 방면에서 지장이 생길 것 같기 때문이다.

사뿐히 케나 앞에 착지한 그 여성은 가슴에 손을 얹고 가볍게 목례를 하고, 금색 눈으로 바라보았다. 순수하게 존경의 감정이 깃든 반짝이는 눈동자에 케나는 주춤한다.

“오랜만입니다, 이모님. 어림잡아 200년 만일까요?”

과거 하이엘프 커뮤니티에서 ‘언니, 언니!’ 라며 몹시 따랐던 후배를 쏙 빼닮은 용모를 가진 여성을, 케나도 한번 만난 적이 있다.

아직 입양 보내기 전, 갓 완성한 부캐는 레벨을 올리기 위해 메인 캐릭터가 같이 데리고 다닐 수 있는 사양이었다.

동생처럼 대한 플레이어 뒤에 서 있는 무표정한 모습은 둘째치고, 이런 하늘하늘한 드레스 의상으로 퀘스트에 데려가는 건가 하고 다들 걱정했었다.

분명 이름은…….

“으음, 사하라, 셰드, 였나?”

“네. 사하라셰드입니다. 마침내 뵙게 되어 기뻐요, 이모님.”

방긋 미소 짓는 그 모습에 잠시 넋을 잃고 만다. 동생처럼 대한 그 아이는 상당히 시간과 애정을 들여 이 아이를 만든 모양이다.

“아는 사이냐?” 라며 뒤에서 등을 찌르는 오푸스에게 “하이엘프 커뮤니티의, 사하나의 양녀야.” 라고 작은 목소리로 대답하자, 그 얼굴이 딱딱해졌다.

그러고 보니 동생뻘인 사하나와 오푸스가 얼굴을 마주치면 엄청난 말싸움이 오갔던 것을 이제야 떠올린다. 아직도 오푸스는 사하나를 껄끄러워하는 모양이다.

“그쪽 분은 이모님의 지인이신가요?”

“아, 응. 악연인 친구.”

“그렇군요.”

케나가 문득 다른 시선을 느끼고 눈을 돌리자, 사하라셰드가 뛰쳐나온 창문에서 이쪽을 엿보는 무장한 일단이 보였다.

“있잖아, 사하라셰드.”

“네. 무슨 일이신가요?”

“저거, 괜찮아?”

“네? ……어머?”

뒤쪽 창문을 가리키자, 돌아본 사하라셰드가 조금 초조해하기 시작한다.

“이런.” 하고 중얼거리는 것을 보니, 이제야 자신의 행동을 돌아본 모양이다.

한 나라의 여왕이 가족을 발견했다고 창문에서 뛰어내리는 짓은, 어지간하면 하지 않을 테니까.

그러고는 여유를 잃은 얼굴로 케나를 다시 마주한 사하라셰드는, “여기서 만난 것도 인연인데, 기왕이면 같이 차라도 드시고 가시는 게 어떠세요?”라고 말했다.

““…….””

창문 너머에 기다리는 골칫거리에서 어지간히 도망치고 싶은 모양이다.

케나 일행을 핑계로 잔소리를 잘 피하고 싶은 것처럼 보여서,

케나는 한숨을 쉬었다.

이런 점은 누구를 닮은 걸까.

"뭐, 좋아."

"어, 괜찮으시겠어요?"

"먼저 말한 네가 놀라면 어떡해. 오푸스는?"

"이쪽은 이쪽대로 날려 보낼 방법을 생각해 두마. 신경 쓰지 말고 잠시 쉬고 오너라."

손으로 휙휙 흔들어 쫓아내자, 케나는 쓴웃음을 지으며 사과했다. 찾던 물건은 구했으니, 잠시 차를 마시는 정도는 괜찮다고 판단한 것이다.

지난번에 저쪽에서 일부러 찾아온 사자의 제안을 거절한 적이 있기에, 속죄의 의미도 담은 것이다.

"그나저나, 한 나라의 여왕이 창문에서 뛰어내리는 건 좀 그렇지 않아?"

"부끄러운 모습을 보여 죄송합니다. 이모님을 발견하고 저도 모르게. 여기서 붙잡지 않으면 다음은 없을 것 같아서……."

뛰쳐나온 창문에서는 무장한 집단이 이쪽으로 적의를 드러내고 있다.

나도 저쪽으로 들어가야 하는 걸까? 케나는 다른 의미로 걱정이 된다. 사하라셰드가 저 사람들을 막아주면 좋고, 그렇지 않으면 서둘러 자리를 떠날 수밖에 없겠다고 생각했다.

이모의 속마음을 아는지 모르는지, "자, 어서요."라며 조카가 재촉하는 곳에는 창문이 있다.

사하라셰드는 무장한 집단을 꾸짖어 물러나게 했다.

그때 "당신들이 저분을 건드릴 수 있을 리 없습니다."라거나 "일족이 몰살당하고 싶지 않다면." 같은 말이 들렸는데, 잘못 들은 걸까?

게임 시절에 자신이 그렇게까지 흉포했었나 하고 자문자답해 본다.

사하나의 딸이라면 이 정도 반응은 허용 범위일지도 모른다.

아마도, 어쩌면.

뛰어든 창문 너머에 있던 방은 집무실인 듯하다.

튼튼해 보이는 책상과 그 위에 어느 정도 쌓인 서류. 소파와 테이블 세트.

창문으로는 거대 땅거북이 보인다.

경관이고 뭐고 없다고 생각한 케나는, 서둘러 이동시켜야겠다고 생각했다.

커다란 문 너머에서는 여전히 이쪽을 적대시하는 시선이 몇 개나 느껴진다.

어떻게 오해를 풀지 생각하고 있을 때, 문 너머가 소란스러워졌다.

아무래도 높은 사람이 와서 무장한 병사들을 물러나게 하는 모양이다. 드문드문 호통을 치는 소리를 듣고, 그렇게 판단한다.

조용해지자 방구석에 대기하고 있던 시녀가 공손하게 고개를 숙이더니, 침입자인 케나를 의심하지도 않고 여왕이 시키는 대로 차를 준비한다.

"이모님, 부디 앉아주세요."

"아, 응."

권하는 대로 소파에 앉는다. 눈앞에 향이 좋은 홍차가 놓였다. 시녀에게 고맙다고 하자 눈을 동그랗게 뜬다.

경계할 것도 없이 컵을 손에 들자, 사하라세드가 맞은편에 앉는다.

"신화 시대와 비교하면 맛이 떨어질 것 같지만요."

"그렇지 않아. 충분히 맛있어."

김이 나는 주황빛 액체에 입을 대자, 현실의 홍차와 조금도 다르지 않은 맛이 났다. 신화 시대의 홍차란 대체 어떤 맛일까, 하고 마음속으로 딴지를 걸면서 솔직한 감상을 털어놓았다.

부드럽게 미소를 지은 사하라세드는 손에 든 잔에 입을 대고, "후우." 하고 긴장을 풀었다.

문득 케나는 게임 중에는 음식인 홍차가 정신력(MND)을 조금 올리는 효과가 있었다는 것을 떠올리고, 【서치】를 사용해 잔의 내용물을 보지만 아무런 표시도 나오지 않는다.

나쁜 버릇이라고 케나가 쓴웃음을 짓고 있자, 사하라세드가 다소 어이없다는 듯한 어조로 물어온다.

"차에 무엇을 하고 계신 건가요, 이모님?"

"음, 그냥 좀 궁금해서. 실례였으려나?"

"맛을 즐겨 주신다면 특별히는. 이모님 좋으실 대로 하세요."

케나와 함께 한 잔의 홍차를 즐긴 사하라셰드는 자리에서 일어선다.

눈으로 좇는 케나에게 쓴웃음을 돌려준 사하라셰드는 서류 작업에 착수했다.

"음, 방해됐어?"

"아니에요. 가끔은 누군가와 함께 휴식하고 싶었거든요."

요컨대 조용한 방에서 끝없이 일만 하는 것이 지루했던 모양이다.

묵묵히 서류를 처리하는 사하라셰드를 보고, 케나는 옛날 일을 기억에서 끄집어낸다.

"사하나라면 자잘한 일이 생기면 도망쳤었는데."

"어머, 어머니께서! 그건 처음 듣는 이야기네요."

"대범했었지. 끝없이 걷는 건 힘들어하지 않는 것 같았지만."

케나의 탑에 발이 닳도록 드나들어 모든 색의 드래곤 소환 스킬을 얻었던 것은 기억에 새롭다. 그렇다고는 해도 지금 생각하면 200년 전 일이지만.

한동안은 종이를 넘기는 소리와 가끔 나누는 조카와 이모의 대화만으로 시간이 흘러간다.

케나가 이야기하는 것은 변경 마을에서 펠스케이로로 나와 지금에 이르기까지의 간결한 줄거리를.

도중에 사하라셰드가 의문을 제기하면, 거기에 해설을 덧붙이는 정도였다.

그러다가, 슬슬 케나가 이 자리를 떠날까? 했을 때, 집무실을 방문한 자가 있었다.

"실례합니다, 폐하. 지난번 재편성 의제 말입니다만……."

노크와 함께 방에 들어온 것은 마인족 기사단장이다.

마인족 특유의 갈색 피부에 긴 귀. 특징적인 뿔은 오른쪽 머리 옆에서 위로 뻗은 한 개뿐. 머리는 올백으로 굳혔고, 언뜻 보면 일 잘하는 관리직 같은 인상이다.

지금은 갑옷을 입고 있지 않고, 옷자락이 긴 헐렁한 병사 제복 차림이다.

그는 케나를 보자 가볍게 목례하고 나서 사하라셰드에게로 향한다.

아무래도 아까 문 너머에서 들려온 호통의 주인인 모양이다.

몇 가지 사무적인 응답을 한 후, 퇴실하기 직전에 기사단장은 폭탄을 던졌다.

"안녕하십니까, 리틀 레이디(작은 숙녀님). 폐하의 친구분이십니까?"

"리틀……?!"

"풉, 크크크큭."

첫 대면 인사가 어린애 취급인 것에 굳어버린 케나와 부하의 심한 발언에 웃음을 터뜨리는 사하라셰드.

확실히 성숙한 매력이 풍기는 사하라셰드에 비하면, 케나는 압도적인 연하 느낌으로 가득하다. 나란히 세우면 누가 연상 취급을 받을지는 명백하다.

지금까지 '어린 아가씨' 소리는 들었지만 '작은 숙녀' 취급을 받으리라고는 꿈에도 생각지 못했던 케나는 알 수 없는 충격으로 새하얗게 변해버린다.

그리고 기사단장은 대체 무슨 모임인지, 자기 상사가 왜 배를 잡고 웃는지, 현재 상황을 전혀 이해하지 못했다.

케나는 웃으며 쓰러져 있는 조카에게, 어서 부하의 잘못을 바로잡아 주기를 바라고 있었다. 그 믿었던 조카가 다시 웃음보에 터지기 전까지는.

"폐하?"

"사하라셰드?"

"아하하하하하……, 하아, 후우. 아니, 미안하구나, 칸코우. 이쪽의 리틀…… 풉, 크."

"아니, 이제 됐지만."

이곳에 온 이래, 줄곧 '어린 아가씨, 어린 아가씨' 라고 자꾸 들으면, 체념도 하게 되고 비꼬는 말도 나오지 않는 법이다.

케나는 얌전히 조카의 발작이 멎기를 기다리기로 한다.

사하라셰드가 간신히 호흡을 가다듬었을 무렵에는, 완전히 토라진 케나가 완성되어 있었다.

칸코우라고 불린 기사단장은, 자신의 발언이 원인이 되어 한쪽은 대폭소하고, 한쪽은 화가 난 것을 깨닫는다.

방의 분위기가 묘하게 변하기 시작하는 것을 몸소 느끼고 당황하고 있었기에, 보다 못한 케나가 사하라셰드에게 강한【위압】을 걸어 웃음을 강제로 멈추게 했다.

“히익?!”

“언제까지 웃고 있을 거야.”

눈이 싸한 미소에 바싹 경직된 사하라셰드가 재기동한다.

곁눈질로 기분을 살피며 “화, 화나셨어요?”라고 물어오자, 언짢아하는 연기를 그만둔 케나는 어깨를 으쓱했다.

안심하고 몸에서 긴장을 푼 사하라셰드는, 긁어 부스럼을 피하고자 간결하게 자신의 이모를 소개한다.

“칸코우. 이분이 얼마 전 협력을 거절당한 케나 이모님이세요.”

“그렇게 말하면 내가 엄청 잘못한 것처럼 들리잖아.”

“그리고 이쪽이, 우리 나라 기사단장을 맡고 있는 칸코우. 같은 양자 동료랍니다.”

“헤?”

“오오, 당신이……. 아버님께 자주 이야기는 들었습니다.”

“아버님……?”

불길한 예감을 느끼고 케나는 몸을 사린다.

사하라셰드도 그런 이야기는 처음 듣는지, 흥미롭다는 듯 귀를 기울인다.

“네. 아버님은 칸우라고 합니다. 20여 년 전에 동쪽으로 여행을 떠난 이후, 소식이 없으십니다만……."

케나는 이름을 듣고 웃음을 터뜨렸다.

"어……어어어어?! 칸우 씨 여기 있었구나!"

들어본 적이 있는 정도가 아니라 익숙한 이름에 깜짝 놀라, 칸코우라는 인물의 얼굴을 뚫어지게 쳐다본다.

"별로 안 닮았네. 아, 미안해요."

"아닙니다, 자주 듣는 말이니까요."

툭 튀어나와 버린 중얼거림에 황급히 사과하지만, 칸코우는 고개를 저으며 쓴웃음을 짓는다.

"이모님. 칸코우의 아버지와는 아는 사이신가요?"

"응, 여러모로. 여러모로 말이지."

게임 시절의 기억을 떠올린다.

여러 가지 추억이 스쳐 지나가지만, 그중에서도 여러모로 인상이 강렬한 사람이었구나, 하고.

칸우라는 이름의 플레이어와는, 제법 친분이 있었다.

아직 케이나가 살아있던 게임 시대 후반기에, 여러 가지 이벤트나 퀘스트에서 임시 파티를 맺는 일이 많았던 플레이어다.

둘이서만 파티를 맺은 적도 있었고, 레이드 보스에 대규모 인원으로 맞선 적도 있었다.

〈크림치즈〉 길드원과 함께 최종 퀘스트를 맡았던 외부 협력자(쿄타로 외 몇 명)로, 한계 돌파 멤버이기도 하다.

칸우(관우)라는 이름 그대로 삼국지 마니아로, 외부 에디터를 구사하여 외모를 아시아계 아저씨로 만든 드문 취향을 가진 인물이다. 어떤 의미에서는 유명한 이색 플레이어다.

주변에 서양계 얼굴이 많은 가운데, 유독 눈에 띄었던 것을 케나는 기억하고 있다.

성격은 완전히 시원시원한 인물로, 자잘한 것은 신경 쓰지 않고, 약자를 돕고 강자를 꺾으며, 그릇된 것은 매우 싫어하는, 정의감 넘치는 인물이다.

넘쳐나는 성격이 오히려 소동을 일으킨 적도 있어, 여러 가지 의미로 기억에 남아 있다.

"근데 20여 년 전? 그렇게 오래되진 않았구나. 만나보고 싶었는데."

"뭐, 그 호쾌한 아버지니, 어디를 가든 기본적으로 변하지 않을 것으로 생각합니다."

"동쪽으로 갔다고 들었는데, 혹시 산맥을 넘어서 간 거야?"

"그야말로 구멍이라도 뚫으면서 돌진할 기세로 갔으니까요. 건강하게 지내고 있으면 좋겠습니다만."

(산맥 너머? 산맥이라면 분명……)

게임 시절의 동쪽 산맥이라는 것은 업데이트를 기다리는 새로운 지역 취급이었다.

코랄과 이야기했을 때도 그 화제는 나오지 않았으니, 업데이트 전에 게임 서비스가 종료된 모양이다.

상세한 내용을 알고 싶다고 생각하는 것은, 폐인의 증거일까.

현실이 된 지금은 칼날 같은 봉우리들이 이어져 있지만, 플레이어라면 산을 넘는 것은 어렵지 않을 것이다.

문제는 케나가 가진 시스템의 힘이 산맥 너머까지 미치는지 여부인데, 돌아오지 않는 것을 보면 시스템의 효력 범위 밖이 되어 플레이어 능력을 잃었거나, 아니면 설정 연령이 30세를 넘었을 테니 여행지에서 뿌리를 내렸거나.

잘못하면 어떤 원인으로 사망했을지도 모른다.

차마 거기까지 입에 담기는 꺼려져서, 동조하듯이 고개를 끄덕여 두기로 했다.

"그러게. 산 너머에서도 저돌적으로 나아가서, 더 너머까지 뚫고 나갔을지도 모르겠네!"

"그럴듯한 비유로군요. 제 생전에 다시 볼 수 있으면 좋겠습니다만."

"그나저나 동쪽이라. 한가해지면 그쪽으로 길을 닦아 보는 것도 좋으려나."

오푸스의 이야기로 미루어 보면, 리아데일 지역에 정착한 자들은 꿈에 이끌려 여기저기서 모여들었다고 한다.

그렇다면 당연히 이 지역 말고도 다른 나라가 있을 것이다.

과거 게임에서 동쪽 미설정 구역(몬스터 서식지일 뿐이었다)이 정비되었다면, 나라가 하나쯤 더 늘었을지도 모르지만.

칸코우가 상기된 얼굴로 퇴실한 뒤, 실내에 잠시 정적이 돌아온다.

사하라셰드는 시녀에게 홍차를 다시 내게 하고는, 자리를 비우라고 재촉했다. 시녀가 인사하고 방을 나가자, 사하라셰드가 내는 낌새가 긴장감으로 변한다.

왠지 여기서 자리를 뜨고 싶다고 말하기도 꺼려지는 분위기에 케나가 자연스레 자세를 반듯이 잡았다.

"이모님께서 가시기 전에, 잠시 여쭙고 싶은 것이 있습니다. 괜찮으실까요?"

"묻고 싶은 거? 으음, 상관은 없는데. 그래도 내가 대답할 수 있는 걸로 해줘."

진지한 분위기를 깨지 않도록 익살을 부려 보지만, 사하라셰드의 늠름한 태도는 흔들리지 않았다.

무엇을 물어보려는 걸지, 케나는 몸을 사린다.

"폐도에 관한 것입니다만……."

"아, 폐도 말인가."

그러고 보니 코랄에게 들은 이후로 오푸스에게 물어보는 것을 깜빡했다는 사실을 떠올렸다.

대체로 오푸스에게 들은 충격적인 사실에만 정신이 팔려, 그쪽 방면은 완전히 잊고 있었다.

(키가 눈치채고 말해줬으면 좋았을 텐데.)

『사전에 말씀하시지 않으셨으니까요.』

(아, 그러세요. 제가 잘못했습니다.)

"미안미안. 그건 나도 전혀 몰라. 다음에 오푸스를 족쳐서, 뭐라도 알게 되면 연락할게."

"오푸스? 누구입니까?"

"오페케텐슐트하이머 크로스테트봄버. 마인족 남자로 악연인 친구야. 아까 나랑 같이 있었어."

"아아, 그분이신가요. 이모님께도 친구라는 게 있군요."

"무슨 의미야, 그거……."

아들과 딸, 심지어 조카까지 변변하게 인식하지 않는 것에 눈물이 나오는 케나.

"하지만, 그분은……."

그분이란 오푸스를 가리키는 것이리라. 사하라셰드의 표정이 심각해진다. 어딘가 받아들이기 어려운 것처럼 느껴지기도 했다.

"오푸스 말이야? 만난 적 있었나?"

사하라셰드가 사하나를 따라온 것은 한 번뿐이라고 기억하고 있다.

함께 있으면, 사하나는 오푸스에게 시비를 거는 일이 많았다. 그래서 하이엘프 커뮤니티와 행동할 때는 오푸스와 마주치지 않도록 했었다.

"아니요, 직감일 뿐입니다만."

"직가아아암?"

"마음이 맞지 않을 것 같군요."

"풉!"

모녀가 그토록 똑같다니.

케나는 놀라기 전에 먼저 치밀어 오르는 웃음을 참지 못하고 터뜨렸다.

"아하하하핫!"

"잠깐, 왜 웃으시는 건가요!"

"아니, 왜냐니, 훗, 크크크큭."

아까는 이쪽이 웃음을 샀으니, 이걸로 퉁치자.

사하라셰드가 "왜요, 왜."라며 볼을 부풀리는 동안, 케나는 계속해서 웃고 있었다.

"아차. 미안해. 너무 똑같아서 그랬어."

"알겠습니다, 어머님도 그분을 싫어하셨다는 것만 알면 충분합니다."

웃어버린 이유를 정성껏 설명했는데도 사하라셰드는 여전히 토라진 상태였다.

케나도 더 변명할 거리가 생각나지 않아, 순순히 고개를 숙일 수밖에 없다.

심하게 화가 난 것은 아니었는지, 오히려 "조금 토라졌을 뿐이에요. 죄송합니다."라고 사과를 받았다.

그러고 나서 잠시 대화를 나눈 후, 케나는 자리에서 일어났다.

"슬슬 일어나야겠어. 재도 기다리는 것 같고."

창문 너머 거북이 등딱지 가장자리에는, 먼 곳을 바라보며 케나를 기다리는 듯한 오푸스의 모습이 있다.

아까 말했던 무언가의 계획이 섰으니 돌아오라고, 말하고 싶은 것이리라.

“메일이든 뭐든 해서 부르면 될 텐데.”

『저래 봬도 신경을 쓴 것이겠지요.』

“별일도 다 있네.”

사하라셰드에게 양해를 구하고 창문을 열자, 망토 끝자락을 잡혔다.

“저, 저기, 이모님, 또, 만나 주실 수 없을까요?”

“글쎄. 네 일에 방해가 되지 않는 정도라면.”

머뭇거리며 얌전해진 사하라셰드의 머리를 무심코 쓰다듬어 버린다.

내 자식도 아닌데 너무 스스럼없이 굴었나.

그렇게 생각했지만 사하라셰드는 싫지 않은 듯, 꽃이 피는 듯 활짝 웃었다.

“네! 언제든지 기다리고 있겠습니다.”

“아, 응. 근데 이제 창문으로는 안 올 거야.”

“문지기에게는 말해둘 테니, 걱정하지 마세요.”

허가해도 좋은 얼굴은 하지 않을 것 같다고 생각하며, 케나는 사하라셰드의 방을 뒤로했다.

“기다렸지?”

“오냐.”

오푸스가 있는 곳에 도착해, 뒤를 돌아보니 아직도 손을 흔들고 있는 사하라셰드가 있다. 작게 손을 흔들어주자, 그제야 실내로 들어갔다.

"네 관계자는 국가 요직밖에 없는 게냐?"

"양자들의 신분에 관해서는, 내가 관계있을 리가 없잖아!"

그것은 케나도 고개를 갸웃거릴 의문이라, 오푸스가 이래라저래라 할 이유는 없다.

"모를 일이다. 어쩌면 네 안에 있는 시스템이, 형편 좋게 해석하고 있는지도 모른다."

"어, 진짜?!"

쾅 하고 케나의 등 뒤에서 번개가 친다.

가능성이 없다고 단언할 수도 없어서, 충격을 받은 케나의 발밑이 흔들렸다.

『시스템에 거기까지 실행할 판단 기준은 없을 겁니다.』

"칫. 뱀 자식, 이럴 때는 고개를 끄덕이면 재미있을 것을!"

재빨리 키가 그 가능성을 없애버려서, 케나가 받은 타격은 적었다.

하지만 실언을 한 오푸스에게 찌를 듯한 시선이 향했다.

그것은 케나뿐만 아니라, 오푸스의 머리 위에도 그런 기척이 있었다.

불길한 예감이 든 오푸스가 조심스럽게 올려다보자, 빨간 화살표를 높이 든 쿠가 날고 있다.

"으아아아악?!"

바람을 가르는 속도로 쿠가 내리친 화살표에서 벗어난다.

쿠가 던진 화살표는, 전체 길이의 절반 정도까지 거북이 등딱지에 박혀 있었다.

서브 시스템의 은혜인지 아닌지는 불분명하지만, 위력만큼은 무시무시하다.

"빗나갔다."

"쿠, 무서운 아이!"

"방금 그건 주인님의 자업자득이네요."

"아, 어흠. 아까 하던 이야기 말인데……."

사이렌에게 꾸지람을 들은 오푸스는 얼버무리듯 헛기침하고, 억지로 화제를 바꾼다.

"쿠, 아까는 왜 사하라셰드를 피했어?"

"무서운 사람."

"사하라셰드가?"

"응."

케나에게 돌아온 쿠에게 도망친 이유를 물어봤지만, 돌아온 대답은 이해할 수 없었다. 사하라셰드의 어디에 무서운 요소가 있었을까 하고 고개를 갸웃거린다.

어느 정도 대화를 나눠봤지만, 마지막 폐도 이야기를 제외하면 이쪽을 떠보려는 의도는 없었던 것 같다.

그렇지 않다면 케나가 부주의한 것일 뿐, 이미 이쪽과의 대화에서 여러 가지를 파악했거나.

그렇다 해도 케나에게서 얻어낼 것은 가족 이야기를 빼면 플레이어 정보 정도다.

아무리 그래도 시스템 이야기까지 발설한 기억은 없으니, 케나와 직접 연관된 일은 없을 듯하다.

"이야기를 들으라고 하고 있지 않느냐."

"아, 미안."

쿠가 사하라셰드를 꺼리는 이유를 골똘히 생각하고 있자, 오푸스가 케나의 머리를 억지로 자신 쪽으로 돌렸다.

뭘 말하려 했었나 하고, 다시 한번 오푸스의 말에 귀를 기울인다.

"설명이라고 해봤자 딱히 어렵지는 않다. 네가 【차단 결계】를 치고, 내가 그 영역을 다른 장소에 연결할 뿐이다."

"그게 다야……?"

"그게 다지만, 이 거대 땅거북을 둘러쌀 정도의 【차단 결계】다. 네가 칠 수 있겠느냐?"

"칠 수 있을지 없을지는, 해봐야 알겠지만."

케나는 등딱지 위를 빙 둘러보고, 끝까지 가서 대략적인 높이를 눈대중으로 잰다.

"아마 괜찮지 않을까?"

자신이 있는 것은 아니지만, 자기 안의 누군가가 '할 수 있다'고 보증해 주는 것을 느낀다. 따라서 의심 어린 오푸스의 시선을 떨쳐냈다.

굳이 말하자면, 케나는 완전히 혼자서 하는 것이 아니다.

"그러면 키, 쿠. 협력을 부탁할게. 어디 연결할지 모르겠지만, 오푸스는 이 질량으로 괜찮아?"

"내 걱정은 쓸데없는 참견이다. 그쪽 제어에나 집중해라."

"제어가 필요하려나."

스읍, 하고 심호흡하고 어깨에 앉은 쿠와 시선을 교환한다.

"언제든지 괜찮아!" 하고 웃는 쿠에게 고개를 끄덕여주고, 케나는 눈을 감고 키가 머릿속에 펼친 범위 가득히 【차단 결계】를 팽창시킨다.

성의 창문에서 올려다보던 사하라세드의 눈에는 거대 땅거북을 여유롭게 감싸는 결계가 순식간에 전개되는 것이 보였고, 놀라서 눈을 크게 뜨기도 전에 거북이는 결계째 사라졌다.

눈 깜짝할 사이의 일에, 성 앞 마을에서는 당혹감과 불안을 감추지 못하는 웅성거림이 퍼져나가는 듯하다.

케나의 역량은 의심하지 않았지만, 이렇게나 간단히 해낼 줄은 몰랐다.

사하라세드는 시녀에게 '방금 일은 신뢰할 수 있는 술사에게 시킨 것이니, 마을에는 아무 영향도 없다.' 라는 말을 기사단을 통해 전파하게 했다.

칸코우라면 그 의도를 파악하고, 부하를 성 앞 마을 쪽으로 보내줄 것이다.

이모를 부하처럼 다루는 셈이지만, 백성들을 안심시키는 일이니 너그럽게 봐줄 것이다.

그러고 나서 사하라셰드의 시선은 아까 케나가 있던 소파로. 거기서 다시 테이블 위에 수북하게 쌓인, 붉은 액체가 담긴 병으로 향한다.

이것은 케나가 '그러고 보니, 기사단에 부상자가 나왔다고 들었는데.' 라며 두고 간 것이다.

『잘 알고 계시네요?』

『펠스케이로 습격전 후에 스카르고에게 들었어. 만들어놓고 쌓이기만 하니까, 써줘.』

한 병을 손에 들어 보지만, 그 가치에 한숨이 나온다.

이것 한 병만으로 빈사 상태의 중상인 병사 네 명 이상이 벌떡 일어나는 효과를 지녔기 때문이다.

양자였던 사하라셰드나 칸코우라면 잘 아는 이 포션은, 200년 전이라면 1000길 정도로 유통되던, 지극히 일반적인 아이템이다.

그랬던 것이 현재 가격으로 환산하면 금화 100닢 이상에 상당하는 최상급 아이템이 되어버린다.

게다가 지금에 와서는 제조법이 소실되어, 던전 등에서 한 번 발견되면 앞다투어 비싼 값에 거래되는 물건인 것이다.

이전에 로프스가 케나에게 고했던 우려는 이런 이유에서 비롯된 것이다.

그런 큰 재산이 되는 것을 한꺼번에 툭 하고 두고 가니, 여왕이라도 아연실색할 뿐.

그와는 별개로 사하라셰드는 놀란 일이 있었다.

나라의 중진으로서 몇 번인가 회담한 적이 있는 인물, 대사제 스카르고가 케나의 아들이었다는 것이다. 다시 한번 케나에게 그 사실을 듣고 경악밖에 느끼지 못한다.

스카르고가 자기 모친을 칭송하는 말은 자주 들었지만, 이름을 따로 말하지 않아서 케나일 줄은 몰랐던 것이다.

즉, 두 사람은 사촌지간인 셈이다.

"다음에 만났을 때 이모님 이야기부터 꺼내면, 스카르고 공과 좀 더 깊게 이야기할 수 있을지도 모르겠네요."

입에 담으니 자연스럽게 미소가 나온다.

어머니인 사하나가 행방불명인 지금, 가족으로 부를 수 있는 것이 케나만이 아니라는 흥분에 펄쩍 뛰며 기뻐하고 싶다. 이 기쁨을 누군가와 공유하고 싶다는 생각으로 가득했다.

그렇다고는 해도 기뻐만 하고 있을 수는 없다. 자신이 할 일은 아직도 산더미처럼 있으니까.

포션은 새로 부른 시녀가 조심스럽게 정리하여, 의료 담당관에게 가져간다.

경치가 잘 보이게 된 창문의 커튼을 친 사하라셰드는 자기가 하던 일을 재개하고자 산더미처럼 쌓인 서류에서 한 장을 집었다.

"자, 이제는 이모님께 맡길 수밖에 없겠네요……."

다음에 만날 때는 폐도에 대한 정보를 들을 수 있으면 좋겠다고 희망적인 관측을 펼쳤다.

——굉음과 큰 흔들림.

거대 땅거북과 함께 케나 일행이 나타난 곳은 직전의 지나친 걱정이 헛수고가 된 산속이었다.

주위를 둘러보니 온통 숲, 숲, 숲밖에 없는, 그야말로 사방팔방이 숲인 광경이다.

다만 정면에 낯익은 산맥이 보이는 것으로 보아, 대륙의 동쪽 끝에 가까운 곳이다.

그렇다고는 해도 산맥의 모습을 완전히 기억하는 것은 아니라서, 정확한 위치는 알 수 없다.

"초, 록, 색!"

쿠가 심호흡을 하고 감동한 듯 목소리를 높인다.

"여긴 어디? 어디로 온 거야?"

케나는【차단 결계】의 제어를 풀고, 밝아진 시야에서 눈을 깜빡인다.

본 적이 있는 듯 없는 듯?

다만, 본능적으로 느껴지는 북쪽에 에지드 강의 흐름이 보이지 않으므로, 변경 마을 근처가 아닌 것은 확실하다.

"케나 님."

"왜, 사이렌?"

"그쪽 가장자리에서 아래를 보시면 아실 겁니다."

"아래?"

사이렌의 안내에 따라, 등딱지 가장자리에서 아래를 내려다보니, 위에서 내려다보는 형태이긴 하지만 어쩐지 가옥 배치가 낯익은 마을이 보였다.

마을 사람들 대부분이 집에서 뛰쳐나와 마을에 머무는 모험가들과 함께 이쪽을 올려다보며 무언가 소란을 피우고 있는 듯하다.

애초에 사람들이 대부분 공황 상태에 빠져 우왕좌왕하는 것으로 보아, 대혼란에 빠져 있는 것을 알 수 있다.

"던전 마을이잖아."

다 해냈다는 표정의 오푸스를 보니, 팔짱을 끼고 거만하게 서 있었다.

"이 거북이는 오우타로퀘스의 귀중한 관광 자원이니 말이다. 나라 밖으로 내보낼 수도 없지 않겠느냐. 그 점을 고려했을 때 이동시킬 목표 지점이 여기밖에 없었다."

"그렇다고 이렇게 가까운 거리에 둘 필요는 없었잖아!"

거대 땅거북의 발끝 몇 미터 앞에, 마을을 둘러싼 벽이 있다.

게다가 수도에서 이쪽으로 이동할 때의 고도 문제가 해결되지 않아, 발이 얼마간 땅에 파고든 충격으로 지진 같은 것이 발생한 모양이다.

벽의 몇 군데와 마을 가옥 몇 채가 기울어진 것처럼도 보인다.

"어, 어어어, 어떡하지?! 정리하는 걸 도와줘야 하나?!"

"케나 님, 진정하십시오."

"그렇다. 다행히 등딱지 위쪽은 아래에서 보이지 않도록 해두었으니. 아무도 사람의 소행이라고는 생각지 않을 것이다. 이 거북이 자체가 신비의 결정체라는 전설이 있으니 말이다."

우왕좌왕하기 시작한 케나를 사이렌이 붙잡고, 오푸스는 아래쪽을 힐끗 볼 뿐.

"언제 그렇게 준비를 철저하게……."

책임을 뒤집어쓰지 않으려는 악랄한 지혜만큼은 게임 시절과 변함없는 모양이다.

"게다가 저 마을엔 플레이어가 제법 있다. 어떻게든 하겠지."

"에, 그래? 난 그런 사람 본 기억 없는데."

"나와 달리 〈은색 고리의 마녀〉는 제법 지명도도 있고 얼굴도 잘 알려졌었으니 말이다. 무서워서 숨어 지낸 것 아니겠느냐."

"크헉?!"

트라우마를 후벼 파는 듯한 코크스크루 블로를 정신에 얻어맞고, 케나는 손으로 얼굴을 가린다.

그 별명 때문에, 공개된 영상 때문에, 하고 운영진에 대한 원망은 끝이 없다.

변경 마을 근처에서 솔로 플레이를 한 이유 중 하나도, 제대로 된 일반 파티를 짤 수 없었기 때문이다.

케나의 속마음을 아는지 모르는지, 오푸스는 모두를 이끌고 변경 마을로 데리고 돌아갔다.

오푸스 일행이 떠난 후.

소동의 중심이 된 던전 마을에서는 예거가 “이것이 하이머가 말했던 긴급 사태인가?” 하고 중얼거리며, 없는 지혜를 쥐어짜며 고뇌했다나 뭐라나.

제2장 제안과 희망적 관측과 의뢰와 시험관

거대 땅거북 문제가 해결(?)된 사건으로부터 며칠 후.

케나는 말레르와 교섭해 무사히 프로젝터를 여관 식당에 놓아두는 데 성공했다.

첫째, 마을 사람들이 모이는 장소라는 점.

둘째, 식당이라면 여러 사람이 모여도 문제가 없다는 점이다.

프로젝터에는 세 개의 【쌍둥이 눈】을 세팅할 수 있으므로, 각지에 한 세트를 이루는 다른 【쌍둥이 눈】을 두면 문제없이 영상을 볼 수 있다.

눈알 하나로 프로젝터에 세팅한 눈알 위에 가로세로 4미터×2미터 정도 크기의 대화면에 사물이 표시된다.

문제는 둘 장소다.

【쌍둥이 눈】 자체는 기분 나쁘게 생겼어도, 딱히 내부에 방어장치가 있는 것도 아니고, 자동으로 대상을 선별하는 것도 아니다.

게임 중이라면 케나가 했던 것처럼 플레이어 중 누군가가 자신의 주위에 고정해서 이동하고, 거점에서 퀘스트 과정 등을 실시간으로 봤다.

하지만 지금의 세계에서 머리 위에 거대한 눈알을 얹고 거리를 걸으면, 위병에게 붙잡힐 만한 사안임이 명백하다.

그래서 신뢰할 수 있는 곳에 맡기고, 거기서 중계해 주면 된다.

거기서 케나가 떠올린 것은 수호자의 탑이다.

케나의 탑 벽에 박혀 움직일 수 없고, 손도 발도 없는 수호자에게 【쌍둥이 눈】을 맡겨서 어떻게 하느냐고 생각할지도 모르지만, 수호자는 탑 안에서라면 만능이다.

침입자, 즉 도전자를 감시하기 위해서 여러 개의 감시 영상을 스킬 마스터의 주위에 띄울 수 있는 것이다.

그런 기능을 사용해 수호자가 있는 구역에 둔 【쌍둥이 눈】에 중계할 수 있도록, 탑 주위의 광경을 비춰주면 된다.

케나의 탑 벽화 수호자는 "눈알 부적이냐고."라며 불만이 가득했지만, 쿠의 "못하는구나. 흐응."이라는 무시무시한 미소에 간단히 백기를 들었다.

나머지 두 개 중 하나는 투기장의 연기 수호자에게 맡길 생각이다.

때마침 조만간 투기제가 열린다고 하니, 그 영상을 띄울 수 있으면 좋겠다고 생각했다.

【쌍둥이 눈】만으로 영상을 주고받으면 소리가 전해지지 않지만, 프로젝터를 통하면 소리도 전달할 수 있다.

다만, 현재 나오는 케나의 탑 주변에서는 소리가 거의 없다.

있다고 해도 탑 꼭대기 부근에서 휘오오오 하고 바람이 세게 부는 소리나, 가끔 어디선가 고고도를 비행하는 새가 우는 소리가 들려오는 정도다.

실시간으로 주위의 광경을 비추는 사정상 영상 공개는 낮 시간대에 하지만, 마을 사람들이 일제히 놀라는 모습은 케나를 만족시켰다.

탑 꼭대기에서 멀리까지 이어지는 주위의 풍경을 바라볼 수 있는 것이다.

평범한 마을 사람이 평생에 한 번 볼 수 있을까 말까 한 상황일 것이다.

케나가 소유한 수호자의 탑보다 높은 곳을 찾는다고 하면, 은귀가 소유한 공중 수호자의 탑 정도밖에 없을 것 같다.

세 나라의 왕도라도 초고층 빌딩 숲과 비교하면 하나같이 낮은 건물밖에 없으니까.

그중에서도 마을 사람들이 눈을 크게 뜨고, 다음에 얼굴을 환하게 편 것은, 내려다보는 형태로 비춘 마을의 정경이었다.

이쯤 되면 사람이 쌀알보다 작게 보이지만, 모두가 각자 "여기는 내 밭이다!" 라거나 "여기는 우리 집이야!" 라며 손뼉을 치며 기뻐했다.

그래도 밤이 되면 마을에 켜진 불빛 말고는 빛이 없으므로, 벽화 수호자도 어디를 비춰야 할지 망설이는 모양이다.

저녁이 되면 지평선에 지는 석양을 비추고, 그것이 끝나고 주황빛 하늘이 남색으로 물든 후에는 희미하게 집들의 작은 불빛으로 물든 마을을 비추며, 식당에서 저녁 식사를 하는 마을 사람들을 즐겁게 하고 있다.

낮에도 계절의 변화가 없으면 변화 없는 주변의 삼림이나, 마을 북쪽의 삼림을 누비며 뱀처럼 굽이치는 에지드 강의 웅장한 흐름을 보여주고 있었다.

오푸스가 "국경 요새 등은 피하는 편이 좋을 것이다."라고 충고해 주었기에, 벽화 수호자에게도 그 취지는 전달해 두었다.

가끔 영상이 천천히 회전하는 도중에 국경 요새로 보이는 것이 살짝 보인 순간, 시점이 위로 휙 올라가 하늘만 비추거나 하는 것이 재미있다.

왠지 벽화 수호자의 당황하는 모습이 눈에 선해서, 조금 웃음이 나오기도 했다.

마을 사람들도 손이 비면 낮에 잠깐 식당으로 발길을 옮기는 사람도 있는 모양이다.

말레르가 그렇게 알려주어서, 키나는 민폐가 되지 않아 다행이라고 가슴을 쓸어내린다.

"잠깐 경치 좀 보자면서 술과 안주를 시키는 사람도 있어서 말이지. 우리 가게가 돈 버는 건 좋은데, 반대로 여자들의 씀씀이 단속이 심해질까 무서운걸."

카운터 너머에서 어이없다는 듯이 웃는 말레르의 시선이 닿는 곳에서는 루카와 리트가 지그시 프로젝터에 나온 원경을 바라보고 있었다.

처음에는 화면 속 광경에 기뻐했던 두 사람은, 며칠이 지나자 무언가 찾고 있는 기색이 역력해졌다.

이윽고 두 사람이 나란히 물어와서 뭔가 했더니, 은색 탑이 보이지 않는 것을 이상하게 생각했던 모양이다.

"아아, 저건 그 탑에서 주위 풍경을 비추고 있는 거야."

"그렇, 구나."

"그렇구나. 없어진 게 아니었네!"

그것을 걱정하고 있었나 싶어 기뻐져서, 두 사람을 꼭 껴안았던 것은 기억에 새롭다.

초반의 말레르의 반응으로 보아, 수호자의 탑=무서운 은색 고리의 마녀가 사는 곳이라는 인상이 있었기에, 풍경 안에는 넣지 않도록 벽화 수호자에게 말해두었다.

영상으로 보여줄 수는 있지만, 무서운 느낌은 없는 게 낫겠다는 배려였다.

은색 고리의 마녀가 케나라는 것을 알고 이해해 주는 두 사람에게는 말해둘 걸 그랬다고 반성했다.

"케나여. 슬슬 저것도 손을 좀 대는 게 어떻겠느냐?"

"뜬금없이 뭔 소리야?"

저장고에 막 만든 위스키 통을 넣고 있는데, 미간을 찌푸린 오푸스가 뜬금없이 케나에게 말을 걸었다.

곁에서는 저장고 안에 재고가 몇 개 있는지 세어서 메모하고 있던 루카가, 신기한 듯이 오푸스를 올려다보고 있다.

"열둘!"

"열, 둘?"

그 메모를 옆에서 들여다본 쿠가 실수를 지적하고, 그것을 들은 루카가 정정하는 흐뭇한 광경이 펼쳐지고 있었다.

판매용 술 관리는 록시리우스가 담당하고 있었지만, 지금은 소일거리가 없던 루카가 그것을 돕고 있다.

말레르의 말에 따르면, 보통의 마을 아이라면 어머니 근처에서 하루하루의 일을 배우는 것이 보통이라고 한다. 하지만 루카는 케나가 맡았기 때문에, 그 관습이 정상적으로 이루어질 환경이 아니라고 한다.

케나네 집에서는 집안일을 메이드와 집사가 분담하고 있는 데다, 어머니 역할인 케나가 모험가인 탓에 의붓딸인 루카가 배울 만한 곳이 없다.

그 점을 말레르에게 지적받은 사이렌이 조정해서, 록시느 등이 요리를 가르치고 있다.

판매용 술은 록시리우스 주도로 진행하는 곳에 조수 형태로 루카를 끼워 넣고, 장차 일을 맡길 생각인 모양이다.

그렇게 되면 록시리우스는 케나 일행이 부재중일 때 마을 방어를 주로 담당하게 될 것이라고 들었다.

그래도 지금 당장은 아니고, 완전히 맡기게 되는 것은 아직 한참 뒤 이야기다.

"저거 말이다, 저거."

"아."

오푸스에게 등을 떠밀려 질질 끌려간 곳은 우물에 설치된 벨트식 수동 펌프가 있는 곳이다.

오프라인 퀘스트대로 갈 거면 교체하라고 말하고 싶은 것이리라.

"딱히 불편함을 느끼는 사람도 없고, 이대로도 괜찮지 않아?"

"넌 또 말을 듣지도 않고 그런 소리를……."

씁쓸한 얼굴로 한숨을 푹 쉰 오푸스는 체념의 경지에 이른 듯한 얼굴을 하고 어딘지 모를 방향으로 눈을 돌렸다.

"아니, 들어버린 내가 할 말은 아니지."

"뭐야. 벌써 물어본 다음이야? 그 태도를 보아하니, '더 좋은 건 분수에 넘친다' 같은 말이라도 들은 거야?"

"'이미 편리하게 쓰고 있어요.' 라고 모두 한입으로 말했다."

"아하하하, 너무 편리한 시설만 가득해져도 당황하는 모습밖에 상상할 수 없는걸."

"욕심 없는 자들이로군."

오푸스로서는 오프라인 퀘스트처럼 마을 안을 편리한 도구로 가득 채우고 싶은 것이리라. 그 과정을 거쳐 마을은 요새로 진화한다.

그래도 지금 이 상태에서 그래 봤자, 진화의 이점은 없다.

아무리 케나 안에 시스템이 있다고 해도, 진화한다는 확증이 없기 때문이다.

실증해 보려는 마음도 생기지 않는다.

억지로 일을 진행하려고 했다간 마을 사람들의 의향에 맡기려는 케나를 적으로 돌릴 수도 있으므로, 오푸스는 이 화제를 포기하기로 했다.

"아, 근데."

무언가 생각난 듯 케나가 손뼉을 치자, 오푸스는 발을 멈췄다.

"오푸스가 말하는 거, 청동제 양수 펌프 말하는 거지?"

"그렇지."

"그렇다면 설계도만 그려서, 조립과 판매는 전문가에게 맡기면 되지 않을까?"

"전문가?"

고개를 갸웃거리는 오푸스의 손을 끌고 케나가 먼저 간 곳은 자기 집이었다.

먼저, 오푸스에게 양수 펌프의 설계도를 그리게 한다.

이것은 스킬 【제도】를 사용할 수 있으므로, 특수한 도구 같은 것은 아무것도 필요 없었다.

종이를 앞에 둔 오푸스가 【제도】를 사용해, 허공에 원하는 설계도를 그린다.

이것은 한 번이라도 만들어 본 적이 있는 아이템을, 설계도로 그려내는 스킬이다.

그것을 【전사】 스킬로 종이에 프린트한다.

게임 시절에는 액자에 넣어 방을 장식하는 것밖에 할 수 없었던 아이템이다.

지금 와서는 이보다 다른 사람에게 설명하기 더 쉬운 방법도 없을 것이다.

벨트식 우물을 설명하는 데도 쓸 수 있었을 텐데, 당시 케나는 이 스킬을 까맣게 잊었었다.

"망한 스킬이라든가, 쓸모없는 아이템이라든가 너무 많단 말이지."

"야, 당시 스태프의 고생도 고려해야지. 그다지 칭찬받을 행위는 아니었던 건 확실하지만."

먼 곳을 보며 애수를 풍기는 오푸스에게, 케나는 불길한 예감을 느끼고 멈추려 했다.

"초반에야 뭐 괜찮았지만, 스킬이 늘어나면서 무작위로 사전에서 단어를 뽑아 그것이 유용한지를 결정하는 기획 회의가 점점 어둠 속으로 빠져들었지. 마지막에는 다들 뇌가 죽은 게 아닐까 싶을 정도로 끔찍한 상황이었다. 아무도 말리는 사람이 없는데다, 많은 스킬이 게임의 정체성이라고 주장하는 스태프는 또 어찌나 많던지. 급기야 일부 인원을 분리해서, 스킬과라는 것을 발족시키는 사태로 발전했다. 그 과에서는 매일 밤 눈에 보이는 어둠이 복도로 흘러나오는 듯……."

"자! 이 얘기 끝! 종료!"

자기 발로 늪에 빠질 생각이 없는 케나는 분위기를 쳐내듯 손날을 휘둘러 오푸스의 이야기를 중단시켰다.
 눈빛이 죽은 생선처럼 되는 오푸스를 보는 것이 괴로웠다고도 할 수 있다.
 스킬이 너무 많은 것도 참 어지간하지만, 스태프 측의 고생도 어둠이 깊었던 모양이다.
 지금 와서는 후회하든 말든 아무래도 좋은 일이다.

 그러고 나서 루카와 록시즈에게 "펠스케이로에 다녀올게."라고 말해둔다.
 물론 쿠는 케나 곁을 떠나지 않으므로 동행자로 포함되었지만, 루카는 그렇게 빈번하게 왕도까지 나갈 생각은 없는지, 순순히 집을 지키는 쪽을 택했다.
 같은 이유로 리트도 집을 지키기로 했다.
 케나가 약간 장난삼아 "루카, 따라와 주지 않을 거야?"라며 울상 짓는 연기를 하자, 허둥지둥 당황했다.
 바로 연기를 그만두자, 장난이었다는 사실을 안 루카가 볼을 부풀리며 "케나 엄마, 미워."라고 말하는 바람에, 역으로 케나가 몹시 당황하는 사태가 된 것은 여담이다.
 오푸스는 사이렌을 동행자로 택했기에, 안도하는 록시즈의 얼굴이 무척이나 인상적이었다.
 모르는 사이에 가정 내에서 공포 정치가 횡행한 모양이다.
 이동은 수호자의 반지를 사용한다.

【전이】도 괜찮지만, 오푸스라는 스킬 마스터의 존재를 수호자에게 알려둘 필요가 있어서 그렇다.

케나는 오푸스와 함께 No. 1 수호자의 탑인 대왕고래 안으로 이동했다.

속으로는 오푸스의 반응을 보고 싶은 마음도 있다.

"이게 누군가." (덜컥) "마스터가." (덜컥) "아닌가." (덜컥) "오늘은." (덜컥) "어쩐 일로." (덜컥) "왔지?" (덜컥)

갑작스러운 개폐식 수호자의 세례가, 처음 보는 오푸스와 사이렌을 덮친다.

두 사람은 커다란 괘종시계의 창문과 연결되어 들락날락 말하는 노란 작은 새 수호자를 보고, 눈을 동그랗게 뜨고 있었다.

케나도 그런 표정인 오푸스를 보는 것이 드물어서, 조금 이득 본 기분이다.

"미안, 딱히 용건이라고 할 만한 건 없어. 전이 장소 대신으로 좀 썼어."

"상관없다." (덜컥) "우리는." (덜컥) "도구니까." (덜컥) "써야만." (덜컥) "진가를." (덜컥) "발휘한다." (덜컥).

자신의 가치를 진짜 단호하게 말하는 수호자라며 감탄한다.

그것도 그렇게 설정한 마벨리아의 철학인지는 모르겠지만.

사이렌에 이르러서는 동조하듯이 고개를 끄덕이고 있다.

저기, 넌 도구 취급에 의문은 없는 거야?

무심코 케나가 걱정해 버릴 정도로, 낮은 자기 평가임은 틀림없다.

다만 이것에 대해서는 그렇게 설정한 오푸스가 잘못했다.

딴지의 영역을 넘어선 날카로운 팔꿈치 공격이 오푸스의 옆구리를 덮친다.

"같이 온." (덜컥) "형씨가." (덜컥) "갑자기." (덜컥) "쓰러졌는데." (덜컥) "괜찮은." (덜컥) "건가?" (덜컥)

"자주 있는 일이야. 신경 쓰지 마."

케나는 퉁명스럽게 내뱉지만, 그 분위기에 수호자도 못 본 척하려는 듯 입을 다물었다.

사이렌은 언제나 그렇듯 자기 주인을 오물 보듯 힐끗 쳐다볼 뿐이었다.

이 주종은 때때로 관계성을 잘 이해할 수 없을 때가 있다.

그나마 사이렌이 오푸스의 한 걸음 뒤를 따라서 걷는 것 말고는 상하 관계가 역전된 기분을 떨쳐낼 수 없다.

케나는 의자에 앉은 나무 인형에게 MP를 보급하면서, 최근 수호자의 탑 근처에서 달라진 일이 없는지 물었다.

"있긴." (덜컥) "하지만." (덜컥) "특별한." (덜컥) "건 없다." (덜컥).

"어, 그게 다야?"

"최근 달라진." (덜컥) "일이라면." (덜컥) "주민들이." (덜컥) "수면에도." (덜컥) "헌화대를." (덜컥) "설치하려고." (덜컥) "한다는." (덜컥) "정도일까." (덜컥) "주위가 점점." (덜컥)

"꽃으로." (덜컥) "뒤덮여가는." (덜컥) "느낌이." (덜컥) "든다." (덜컥).

수호자의 탑 주위가 패널 화면이 되어 수호자의 방 안에 펼쳐진다.

중간섬 상류 쪽에 떠 있는 대왕고래의 거대한 몸 코앞에는 이미 꽃이 층층이 벽이 되어 쌓여 있다.

쌓인 아래쪽은 뭉개지지 않았을까 싶겠지만, 최근에는 꽃을 보존하는 마법을 거는 모양이다.

그 상태 그대로 드라이플라워 벽으로서 기능하고 있었다.

"신앙심이 깊은 건 좋다만, 저렇게까지 해야 하나?"

지금은 거대한 몸 주위의 수면에 뗏목이 연결되어 임시 부두가 되었고, 그곳 또한 헌화대로 쓰이고 있다.

"묘한 고집에 노력을 쏟아붓고 있군."

충격에서 회복한 오푸스도, 이것에는 어이없어할 뿐이다.

"움직일 예정은." (덜컥) "없으니까." (덜컥) "상관없다." (덜컥) "고 생각하지만." (덜컥) "마스터여." (덜컥) "신 대우의." (덜컥) "대가 정도는." (덜컥) "주는 것이." (덜컥) "당연하지." (덜컥) "않은가?" (덜컥)

"음. 생각해 볼까?"

말주변 좋은 수호자가 그렇게 말하니 그런 것 같기도 하다.

그런 장면에 쓸 수 있는 스킬이 있었나 하고, 케나는 일단 생각해 본다.

하지만, 오푸스는 그 생각에 난색을 드러냈다.

"신이라면 너무 가볍게 힘을 휘둘러서는 안 된다. 상위 존재로서 그 자리에 묵직하게 있어야지. 꽃 정도의 대가로 하찮은 힘을 베풀어서는, 위엄이 흐려진다."

"……."

"왜, 왜 의심하는 눈으로 보지?"

"아니, 의심하는 게 아니라 깜짝 놀란 거야. 상위 존재처럼 행동해 본 듯한 말투잖아. 혹시 경험이라도 있는 거야?"

"있을 리가 없지. 있다고 한다면 그건 내가 아니라 너의……."

"나의?"

"아, 아니, 아무것도 아니다. 잊어라."

매우 흥미가 생기는 말을 중간에 끊은 오푸스가 신경 쓰여서, 케나는 시선을 피하는 그 주위를 빙빙 돌았다.

"에이, 궁금해, 궁금해, 궁금하다고. 내가 뭐 어쨌는데?"

"에잇, 애처럼 떼쓰지 말고, 쓸데없는 일에 참견하지 마라!"

제삼자가 봐도 이야기를 얼버무리려는 것이 명백했다.

이것에는 키조차도 거들 수 없었다. 실체가 있었다면 '이런이런' 하고 어깨를 으쓱했을 것이 틀림없다.

하지만 의외로 거기에 끼어든 것은 사이렌이었다.

"그나저나 케나 님. 주위가 이렇게나 많은 사람에게 노출되어 있는데, 밖으로는 어떻게 나가실 건가요?"

"아, 응. 괜찮아. 그건 장소를 확보해 뒀어."

보통 수호자의 탑에 들어갈 때는 반지를 사용하지만, 나갈 경우는 탑에 따라 제각각이다.

쿠죠의 거북이는 방송국을 본뜬 건물에서 나와 높은 곳에서 내려가면 그만이다. 플레이어라면 얼마든지 방법이 있으니, 딱히 문제는 없다.

리오테크의 용궁성은 수면에 내던져지기 때문에, 알아서 육지로 돌아갈 수단이 필요하다.

쿄타로의 투기장은 관객석으로 나가게 되므로, 현재로서는 투기장 관리인에게 들키지 않고 나갈 수단이 필요해진다.

케나의 탑과 오푸스의 탑은 밖으로 내보내기만 하니까 간단하다.

사람의 눈길이 거의 미치지 않는 곳이라 숨을 필요가 없다.

다만 마벨리아의 탑은 대왕고래의 몸통 위에 있다. 확실히 주위의, 순례하러 온 민중에게 발각되고 만다.

지금은 일단 신의 사자 대우를 받고 있으므로, 발로 밟고 있는 것을 목격당하면 변명할 수 없는 사태가 벌어질 것이 뻔하다.

거기서 케나는 출구를 최대한 멀리 설정할 수 없을까 하고, 수호자와 검증해 본 적이 있다.

실험 끝에, 출구는 이 왕도 내 어디에든 설정할 수 있다는 것이 판명되었다.

하지만 그것이 중간섬에서 떨어진 어딘가의 뒷골목이라 해도, 사람 눈에 띄지 않는 장소는 그다지 많지 않다.

차라리 아무 데서나 방을 장기간 빌리는 편이 좋지 않을까 생각하고 있을 때, 스카르고가 구원의 손길을 내밀어 준 것이다.

이것은 방을 빌리려고 생각한 시점에서 도시에 대해 잘 아는 아들딸에게 상담했기 때문이다.

처음에는 마이마이가 자기 집 방 하나를 제공하겠다는 말이 나왔지만, 카타츠가 제동을 걸었다.

"아무리 어머니라지만, 모험가가 그렇게 매번 남작 저택에서 드나들면 다른 귀족들에게 괜한 의심을 살 수 있지 않겠어?"

"아, 그렇구나. 어머님께 보탬이 되고 싶었는데……."

귀족이라고 해도 여러모로 어려운 점이 있는 모양이다.

풀이 죽은 마이마이의 머리 위에 축 처진 귀가 보인 것 같지만, 기분 탓일 것이다.

그때 나선 것이 스카르고였다.

"어머님! 그렇다면 성당의 방 하나를 제공해 드리겠습니다! 수호자의 탑과도 가깝고, 어머님께서 제 어머님이시라는 것은, 신전 관계자라면 거의 알고 있으니 문제없습니다!"

"그렇군. 어머니 이야기를 입에 달고 살던 형이라면, 어머니 상대로 특별한 배려를 실행에 옮겨도 문제는 없지 않을까."

그것에 대해서는 여러모로 딴지 걸고 싶은 사항이 너무 많다.

지친 표정인 카타츠도 그렇지만, 자신만만하게 휴양지인 남쪽 섬을 '짜잔' 하고 등 뒤에 배경처럼 띄운 스카르고에게도 여러 가지로 불평하고 싶다.

얼마나 심각한 마마보이 인물로 알려진 거냐고.

중간 경위를 건너뛰고, 그런 회의를 거쳐 특별히 성당의 방 하나를 쓰게 되었다.

케나도 공짜로 쓰게 해달라고 하기는 미안해서, 여러모로 할 수 있는 일을 해준 것은 말할 것도 없다.

우선, 이용하게 된 곳은 사람 여섯 명만 들어가도 꽉 차는 좁은 방이다. 이전에는 작은 창고로 쓰이던 장소다.

일단 명목상으로는 빌리는 것이므로, 대여료 대신에 매직 아이템을 제공한다.

융통해 준 것은 마운석을 듬뿍 사용한, 수련 꽃을 닮은 조형의 금속 꽃이다.

이 정도라면 세상에 내놓아도 문제없다고, 마이마이가 허가를 내주었다.

효과는 하루에 컵 한 잔의 성수를 만드는 것이 끝.

게임 시절이라면 별로 귀하지 않은 성수였지만, 지금 세상에서는 스카르고조차 만들기 힘들어서 성직자들이 군침을 흘릴 만한 아이템이다.

케나라면 한 번에 몇 갤런이라도 만들어낼 수 있는 물건이긴 하다.

스카르고가 고생하는 이유는, 본인도 어쩔 도리가 없는 성별 문제 때문이다. 원래보다 몇십 배의 MP를 사용하고도 만들어낼 수 있는 것은 작은 접시를 채울 정도의 소량이라고 한다.

성수를 만드는 스킬에는 여성용이라는 조건이 있는 것이다.

어째서 이런 사양인지 모르겠지만, 오푸스의 말을 빌리자면 이것도 사전 회의의 결과일 것이다.

"일단 밖으로 보내줘."

"왠지." (덜컥) "지쳐 보이는데." (덜컥) "괜찮은가." (덜컥) "마스터여?" (덜컥)

"괜찮아~."

케나의 한마디에 네 사람의 시야는 순식간에 바뀐다.

일행은 꾸밈없는 좁은 방에 서 있었다.

"여기가 그 방이라는 거로군."

"스카르고가 '어울리는 방으로 꾸밉시다.' 라고 했었는데, 저지해서 다행이야."

진심으로 안도하는 얼굴로 케나가 가슴을 쓸어내리고 이내 깊은 한숨을 쉬는 것을, 오푸스는 놓치지 않았다.

"무슨 걱정거리라도 있는 모양이군?"

"뭐, 문제는 이 방의 문이 열리면 어떤 곳으로 연락이 간다는 점이지."

"으으으. 쿠가 해치울 거야!"

"해치우면 안 된다니까."

팔을 휘두르며 몸을 풀기 시작하는 쿠를, 케나가 나무라고 있었다.

조그마한 요정이긴 하지만, 쿠의 공격력이 스킬 마스터 두 사람에게도 뒤지지 않는 위력이라는 것을, 오푸스는 뼈저리게 알고 있다.

이것을 준비한 것은 오푸스다. 설마 케나의 권속으로 편입되어 공격 특화 생물이 될 줄이야. 완전히 예상 밖이다.

예상 밖이라는 것은 케나를 위해 있는 말일지도 모른다.

그렇게 오푸스가 생각한 것은, 마음을 굳힌 케나가 문을 열고 복도로 나섰을 때까지였다.

"어머님!"

복도 저편에서 고운 목소리가 널리 울려 퍼지고, 오푸스는 사제복 차림의 인물이 무릎 꿇은 자세로 바닥에 깔린 융단 위를 미끄러져서 오는 것을 보았다.

"뭐……?"

"스, 스카르고……."

주춤거리는 케나.

뒤에서 상황을 살피던 사이렌도 할 말을 잃은 모습이다.

무엇보다 이상한 것은, 복도에는 다른 수녀나 신관도 있는데도 이 사태를 전혀 신경 쓰지 않았다는 점이다.

기껏해야 대사제의 통행을 방해하지 않도록 복도 옆으로 비켜서 고개를 숙이는 정도다.

물든 것인지 익숙해진 것인지, 판별할 수 없는 점이 기이하다.

모래먼지(이펙트)를 일으키며 멈춰 선 엘프 미남이, 물 흐르는 듯한 동작으로 케나의 손을 잡고 입을 맞췄다.

방을 나온 후 어딘가로 연락이 간다고는 들었지만, 문을 연 다음 등장할 때까지 시간 차가 너무 없는 것도 이상한 이야기다.

미리 그 근처에서 기다리고 있었다고밖에 생각할 수 없는 갑작스러운 출현이었다.

오푸스의 긴 생애를 가지고도 해명할 수 없는 신비가, 이 세상에는 있을지도 모른다. 그렇게 생각할 수밖에 없는 기묘한 사건으로 보였다.

“아아, 오늘이라는 이날에 어머님과 만날 수 있었던 행운에 감사를.”

복도 천장에서 환한 빛이 쏟아져 스카르고와 케나를 비춘다.

어디선가 맑은 합창 소리가 울려 퍼지고, 작은 빛이 무수히 반짝이며 쏟아져 내리고 있었다. 그렇다. 마치 두 사람을 축복하는 것처럼.

“아아, 그래. 잘됐네.”

하늘을 우러러보며 도취한 아들의 모습에, 케나의 태도는 이제 자포자기한 듯하다.

어이없다 못해 체념한 부분도 있는 모양이다.

쿠는 스카르고를 보고 나서 지쳤다는 듯이 케나의 머리 위에 엎드려 있다.

“설마, 설마 설마. 【장미는 아름답게(오스칼) 지네】를 자유자재로 다루는 사용자가 나타나다니…….”

역시나 오푸스도 잘 알 수 없는 부분에서, 과도한 충격을 받고 있었다.

아무리 꾸짖어도 숨 쉬는 것과 똑같이 【오스칼】을 사용하기에, 케나는 이제 그것도 포함해서 스카르고의 정체성이라고 생각하기로 했다.

일일이 딴지를 걸고 있으면 끝이 없기 때문이다.

그제야 마침내 케나 이외의 인물을 눈치챈 스카르고는, 이펙트를 끄고 우아한 몸짓으로 일어나 가슴에 손을 얹고 고개 숙여 인사했다.

"손님도 계셨군요. 저는 스카르고. 이 신전을 맡은 대사제입니다."

"이제 와서 예의를 차려 봤자, 볼썽사나운 모습은 이미 들켰다고 생각하는데."

"지금까지의 인사는 어머님 한정이므로. 문제없습니다."

"내 정신이 박박 갈릴 정도로는, 문제가 아주 많지만."

호청년을 가장하는 스카르고에게 어떻게든 딴지를 거는 케나였지만, 아랑곳하지 않고 자연스럽게 구는 아들에게는 전혀 통하지 않았다.

"이봐, 이 녀석은 뭐냐?"

"우리 집 양자. 아들 설정의 대사제 스카르고. 200년 방치했더니 변태가 됐어."

"말세로구나."

작은 목소리로 오푸스와 이야기한 케나는 다시 한번 깊은 한숨을 쉬었다.

거기서 한번 의식을 전환하고 성당 쪽으로 발길을 돌린다.

신앙에 눈뜬 것이 아니라, 성당을 통과하지 않으면 신전 밖으로 나갈 수 없기 때문이다.

"좋은 찻잎이 들어왔습니다, 어머님. 잠시 쉬고 가심이 어떤지요?"

"말은 고맙지만, 볼일이 있어서 들렀을 뿐이라."

"그렇습니까. 유감입니다. 그렇다면 다음 기회로 하죠."

"?"

평소라면 '어디어디서 화제인 과자도 곁들이지요.' 라며 끈질기게 차를 권하는 스카르고치고는, 제정신이라고 할 만큼 깔끔하다.

케나 일행도 서두르는 것은 아니지만, 스카르고의 태도는 조금 신경 쓰인다.

"신전은 지금 바빠?"

"어, 어머님!"

말을 걸었더니 감동한 스카르고에게 꽉 손을 잡히고, 눈이 촉촉해진 얼굴이 시야를 가득 채운다. 그 반응에 '아차.' 라고 생각하는 케나였다.

미남에게 저항 없는 일반 시민(여자 한정)이었다면, 순식간에 사랑에 빠질 듯한 거리다.

말을 꺼낸 이상, 케나도 '정보가 없었습니다.' 로는 물러설 수 없다.

스카르고의 기행은 무시하고, 이야기는 진행시킨다.

"신전 자체가 아니라, 스카르고는 바쁜 거야?"

"아아, 음, 바쁘냐는 이야기시군요. 부상자가 나오지 않는 한은, 이라고 할까요. 조금 있으면 시작될 행사에, 치료사를 파견하는 정도일까요."

"부상자가 생기는 행사가 있구나. 진짜 살벌한 느낌인데."

"물론 어머님께서 나설 차례는 있을 수 없습니다. 그쪽 관점에서 말하자면 애들 장난 같은 행사입니다."

"애들 장난?"

"애들 장난이겠지."

이 중에서 스카르고를 제외하면 유일하게 사정을 아는 오푸스가 고개를 끄덕이며 말했다.

"오푸스는 뭔가 알아?"

"투기제라는 것이 개최된다는 것은 알고 있다."

이것은 헬슈펠에서 엑시즈에게 들은 이야기다.

투기제 같은 것은 게임에 없었기 때문에, 케나도 오푸스와 마찬가지로 고개를 끄덕인다.

지금의 세계에서 토너먼트에 케나가 나가면, 그것은 더 이상 대회가 아니게 된다.

승리가 약속된 예정 조화 같은 것이다.

물론 거기에는 플레이어가 나오지 않는다는 주석이 붙지만.

"투기제라."

"하지만 최근 몇 년간 비슷한 전개가 계속되고 있어서, 민중은 슬슬 새로운 세력이 대두하기를 기대하는 것 같습니다만."

"전개?"

잡담처럼 이어진 스카르고의 이야기가 궁금해진 케나가 시선을 돌렸다.

"그러고 보니, 어머님께서는 이쪽 행사를 아무것도 모르셨지요."

발을 멈춘 케나를 보고 눈치챈 스카르고가 손뼉을 탁 친다.

아이들은 케나가 인간관계를 싫어해 숲에 틀어박혔다고 생각하고 있지만, 실제로는 던전 깊은 곳에서 자고 있었을 뿐이다.

거기까지 바보처럼 정직하게 밝힐 생각은 없지만.

"애초에 투기제는 어떤 형식이야?"

"간단히 말하자면 토너먼트. 최강 결정전이라고도 하지만, 어머님 같은 분들을 아는 저희에게는 소꿉놀이 같은 것입니다."

스카르고나 다른 양자들이라면, 가까운 존재로서 플레이어를 알고 있기 때문이다.

"뭐, 아마, 스카르고랑 마이마이랑 카타츠가 파티 짜서 나가기만 해도 적수는 없을걸."

일반적인 모험가라도 50레벨에도 도달하지 못한 사람들뿐이므로, 300레벨인 스카르고가 혼자 나가는 것만으로도 과잉 전력이다.

"어머님, 저는 전투 스킬이 거의 없습니다만."

"그 레벨로 때리거나 차는 것만으로도 충분하잖아. 【지팡이】 스킬은 줬을 텐데? 【신성 마법】 안에 최소한의 공격 마법은 있고. 게다가 종족 특성으로 【정령 마법】도 보유하고 있을 거고. 어지간한 불량배라면 간단히 제압할 수 있잖아?"

캐릭터를 생성할 때, 각각의 종족을 선택한 시점에서 전용 스킬이라는 것이 붙는다.

드래고이드라면 【강건】 스킬, 워캣이라면 【준민】 스킬 등. 그 밖에도 꼬리를 가졌는지, 날개를 가졌는지 아닌지에 따라 소지할 수 있는 스킬이 다르다.

엘프와 하이엘프는 공통으로 【정령 마법】을 보유할 수 있는 것이다.

스카르고는 곤란하다는 듯이 "어머님께선 무엇이든 다 꿰뚫어 보시는군요."라며 쓴웃음을 짓는다.

실질적인 생모이므로, 아이들이 뭐가 가능하고 뭐가 불가능한지는 파악하고 있다고 생각한다.

200년 동안 케나가 모르는 스킬을 얻었다면 또 모르겠지만.

"이야기가 옆길로 새고 있구나. 투기제 형식 이야기였지."

평소라면 모른 척하고 침묵을 지킬 오푸스가 지적하며 이야기를 재촉했다.

그것이 케나의 머릿속에서 경보를 울리고 있다.

"오푸스가 그런 것에 흥미를 가지다니 드문 일이네?"

"뭐, 일반론으로서 시내의 정보 수집에 사용하니까. 화제 중 하나로서 상식적인 부분은 알아두는 편이 좋겠지."

"정말로 그게 다야……?"

눈을 흘기는 케나를 시야에 넣지 않는 척하며 피하고, 오푸스는 스카르고에게 이야기를 마저 하라고 부탁한다.

"아아, 투기제 이야기였죠. 이렇게나 이야기가 옆길로 새는 것은, 역시 어머님을 만난 흥분 때문일까요."

"그건 됐으니까 나뭇잎 사이로 비치는 햇살 이펙트 끄고 마저 얘기해!"

스카르고의 기행 때문에 케나가 딴지를 걸 수밖에 없게 되어, 오푸스로부터 주의가 벗어난다.

다만 오푸스가 몰래 흐뭇하게 웃는 것을 쿠가 똑똑히 목격하고 있었다.

"으음. 어디까지 했더라……. 아아, 네. 형식 이야기였죠. 올해는 단체전이었을 겁니다."

"단체전이라는 것은, 개인전도 있다는 것이냐?"

"네, 하지만 개인 토너먼트는 작년에 해서, 올해는 단체전만 합니다."

"그게 뭐야? 개인전이랑 단체전을 격년으로 하는 거야?"

"그런 셈입니다."

"왜 그렇게 이상한 형식인 거야?"

"뭐, 여러 가지 이유가 있어서 말이죠. 가장 큰 이유는 왕도의 치안 악화일까요. 강 축제와 비슷한 것입니다만, 삼국에서 실력에 자신 있는 자들이 몰리기 때문입니다. 결국, 왕도 안에 난폭한 자들이 너무 많이 모여 쓸데없는 다툼이 끊이지 않는 일이 종종 있어서 말입니다."

"그래서 격년으로 하게 됐다고?"

"심할 때는 저까지 부상자 치료에 동원된 적이 있어서 말이죠. 그때는 부재중에 폭한이 신전에 침입하여, 참배객을 인질로 잡고 농성하는 사건도 있었죠. 그때는 여러모로 힘들었습니다."

다 늙은 사람처럼 옛날이야기를 하는 스카르고를 보고, 케나는 조금 미안한 기분이 들었다.

조금 더 빨리 깨어났더라면, 그런 자리에도 손을 빌려줄 수 있었던 것이 아닐까 하고.

"그래서 그 폭한은 어떻게 되었느냐?"

"아니, 당대의 천방지축 왕녀님이 인질 교환으로 내부에 돌입하셔서요. 평소에도 무용담이 끊이지 않는 분이었기에, 도적을 두들겨 패고 인질을 구출하셨습니다."

""어?""

"네, 그분이 즉위했을 때는 민중의 지지가 엄청났었죠."

"으음, 마이 공주의 조상님 이야기?"

"그렇습니다. 마이리네 님의 증조모님이셨던가요."

"여기 왕족은 대체……."

케나가 아는 한에서도 툭하면 성에서 탈주하는 왕자에, 가출

중에 호위를 의뢰하는 왕녀가 있으니까.

그런 이야기를 들으면, 역시 피는 못 속이는구나 하고 납득해 버린다.

"지금은 난폭한 자들이 대량으로 넘쳐나는 일은 없는 게냐?"

"네, 지금은 예선이 있으니까요. 투기제 참가 신청을 하면 모험가 길드로부터 의뢰를 하나 받고, 그걸 달성하지 못하면 본선에 참가할 수 없는 규칙이 있습니다."

"예선에서 걸러내는 셈인가."

"듣자니 꽤 어려운 임무로 설정하는 것 같아서, 매번 본선에 진출하는 것은 5~6조밖에 없는 것 같습니다."

"문이 진짜 좁네. 경쟁률은 얼마나 돼?"

"죄송합니다, 어머님. 저도 거기까지는 잘 모릅니다."

스카르고도 그 이야기를 샤이닝세이버에게 들어서 알았다고 한다.

왕도를 지키는 전문가의 정보라면, 지금 이야기는 하나도 과장이 아닐 것이다.

"사실 기사단이 단골로 나가니까요."

"기사단이 단체전에 나가는 거야?!"

지키는 것도 잘하고 싸우는 것도 잘하는 전문가가 나간다면 승리는 양보하지 않을 것 같다.

덧붙여 샤이닝세이버가 멤버로 있다면, 승부조작 수준이다. 굳이 따지자면 부정행위다.

"음. 스카르고는 나더러 기사단의 쾌진격을 막으라고 말하지 않겠지?"

"설마 그렇게 겁 없는 말을 하겠습니까. 게다가 단체전에 나가려면 최소 세 명은 필요합니다. 어머님께선 스킬 마스터를 세 명 모아서 나가겠다고 안 하시겠죠?"

"안 해!"

세 명까지라면 모을 수 있지만, 은귀와 연락이 닿지 않으면 어쩔 수 없다.

나갈 생각도 없으니, 드림팀의 출전은 그냥 환상이다.

그때 머리 위에 있던 쿠가 머리를 툭툭 쳐서, 무슨 일인가 하고 위를 올려다본다.

쿠는 다른 사람에게 들키지 않을 정도로 작은 화살표를 만들어 오푸스를 가리키고 있었다.

케나가 화살표를 따라서 슬쩍 보자. 오푸스가 어두운 미소를 띠고 있는 것을 알아차린다.

머릿속 경보에 따라 지금 꼭 물어봐야겠다고 한 걸음 내디뎠다.

"잠깐, 오푸스?"

"뭐냐?"

"무진장 불길한 예감밖에 안 드는데."

"그래서 뭐라는 것이냐."

"혹시나 싶지만, 투기제에 나가려고, 생각하는 건 아니지?!"

케나는 오푸스가 "NO!" 라고 말할 수 있는 현대인(지금은 종족이 다르지만)이기를 기대했다. 게임 시절처럼 여러 가지로 부정해 줄 거라고 생각했다.

"음, 출전할 생각이다."

"진~짜~로~?"

하지만, 기대와는 달리 불길한 예감은 적중하고 말았다.

케나의 머릿속에는 참가자들이 차례차례 피바다 속에 쓰러져 가는 처참한 장면이 떠오른다.

이 남자는 게임 시절의 전쟁처럼, 일말의 자비가 없을 게 틀림없다.

일반인이든 플레이어든 그 마수에 걸리기 전에 막아야 한다는 사명감에 불타오르며, 여의봉을 꺼내려 하는 케나였다.

그 손을 막은 것은, 지금 막 퇴치하려던 오푸스다.

"잠깐! 잠깐, 잠깐, 잠깐, 기다려! 잠깐 기다리라니까! 갑자기 심상치 않은 살기를 내뿜다니, 지금 뭘 하려고 한 게냐?!"

보니까 스카르고는 벽에 달라붙어 눈을 휘둥그렇게 뜨고 있고, 쿠도 케나에게서 떨어진 곳을 날고 있다.

사이렌은 오푸스에게 보호받고 있어 표정이 보이지 않는다.

너무 겁준 게 아닐까? 마음이 아프다.

단순히 복도를 걷던 신관이나 수녀들은 케나가 방출한 살기에 당해 기절했다.

"으음, 어라?"

이 참상은 자신이 저지른 일 같다는 것을 케나도 깨닫는다.

그저 오푸스를 막으려 했을 뿐인데, 이 무슨 실수란 말인가.

"실수는 무슨. 갑자기 움직임을 멈추나 싶더니, 농밀한 살기를 내뿜고. 대체 무슨 생각을 하고 있었던 게냐?"

더 이상 이상한 움직임을 보이지 않도록 어깨를 단단히 붙잡은 오푸스가 질문하자, 케나는 짚이는 바가 있어, 솔직하게 심정을 토로한다.

"여기서 오푸스를 막아야 한다?"

"나를?!"

갑자기 자신이 표적이었다는 것을 알면, 누구라도 당황할 것이다.

오푸스는 놀라는 한편으로 어이없어하며, 케나의 폭주가 멈춘 것을 확인하고 손을 놓았다.

"아, 미안해, 스카르고. 좀 흥분했던 것 같아. 다른 사람들한테도 피해를 줬네."

"헉?! 아니요, 아닙니다. 어머님께서 사과하실 일이 아닙니다. 실수는 누구나 하는 법이죠. 똑같은 일을 두 번 다시 하지 않으면 문제없을 겁니다."

황급히 스카르고가 시무룩하게 어깨를 늘어뜨린 케나를 위로한다.

복도에서 쓰러져 있던 사람들은, 이변을 느끼고 상황을 확인하러 온 사람들에 의해 차례차례 옮겨져 간다.

스카르고도 "어머님, 실례하겠습니다. 너무 마음에 담아두실 필요 없습니다. 저들은 제가 책임지고 간호하겠습니다."라고 말하고 떠나갔다.

뒤에 남은 것은 불만스러운 얼굴의 오푸스와 미안해서 움츠러든 케나였다.

"망상이 지나쳐 감정이 폭주하는 버릇은 아직 고쳐지지 않았었구나."

"으, 미안해."

"십중팔구 내가 못 참고 출전자들을 참살할 거라고 생각한 거겠지. 나도 플레이어와 그렇지 않은 자는 다르게 대응할 줄 안다. 피바다가 되는 일은 없을 테니 안심해라."

끙끙 앓았던 고민을 간파당해, 케나는 더욱 움츠러든다.

"대체로 이럴 때는 표적이 되는 것이 나였던 탓에, 옛날부터 주위의 피해는 작았지만. 까딱 잘못했더라면 기절한 자들도 목숨을 잃었을지도 모른다. 좀 더 자각하고, 조심해라."

"네, 죄송합니다……."

"키도 좀 경계해라. 내가 없을 때는 막을 수 있는 자가 너밖에 없지 않느냐."

『이래 봬도 방벽을 강화해서, 【위압】의 위력을 낮춘 겁니다.』

"으, 키도 미안해. 그리고 고마워."

쥐구멍이 있으면 들어가고 싶다는 듯 케나는 의기소침해진다.

이런 일은 종종 있었다. 그때마다 화풀이의 표적이 된 오푸스가 날아가곤 했지만.

아무래도 여러 가지를 알게 된 후로 정서가 불안정해진 것 같다고, 케나는 생각한다.

되도록 격분하지 않으려고 노력했지만, 오푸스가 곁에 있어서 고삐가 풀린 모양이다.

신전을 떠나기 전에 나이 든 수녀에게 만능약을 건넸다.

기절한 사람들은 그것을 마시거나. 뒤집어쓰거나 하면 아무 문제 없이 회복할 것이다.

다만, 무심코 스카르고가 만능약의 가격을 폭로하는 바람에 신전에 근무하는 사람들이 새파랗게 질려 졸도해 버릴 줄은 오푸스도 예상하지 못했다.

"할 일이 없으면, 정신 수양이라도 좀 해라."

그런 충고를 남기고, 오푸스는 케나와 헤어졌다.

사이렌을 데려간 것은, 파티 멤버로 취급하려는 것이리라.

그렇다 해도 참가 자격인 최소 세 명에는 미치지 못하니, 소환수를 부르거나, 다른 수단을 사용하거나 하겠지.

"근데 쭉 로그인했다면, 오푸스도 유료 종자의 벨을 한두 개쯤 더 가지고 있을 텐데……."

왠지 모르게 입에 담은 말이 딱 들어맞는 기분이 들었다.

사이렌만 부른 것은, 다른 자들은 흑역사적인 외모거나, 그런 성격으로 만들었기 때문일까.

오푸스가 만드는 중2병 종자는 어떤 모습일까? 아무리 생각해도 전혀 감이 잡히지 않아서, 만나게 되면 놀려주자고 마음속에 새겨 둔다.

"그나저나 정신 수양은 어떻게 하면 되는 걸까?"

『일반적인 것이라면, 폭포 수행이나 명상이겠지요.』

"에지드 강의 폭포 같은 걸 맞으면, 납작해질 것 같아."

『제 방벽이 있으면, 중압에 지지는 않을 겁니다만. 1100레벨이 넘는 분이, 그리 쉽게 해를 입을 리도 없고.』

"자연보다 강하다니 대체 어떻게 된 거야……."

냉기나 열기 내성도 있어서, 더위와 추위에도 강하다.

스테이터스의 내성 목록을 확인하면, 케나가 활동할 수 없는 장소는 우주 정도다.

비슷한 것은 스킬 마스터 전원에게 해당되지만.

"폭포 수행이라고 해도, 에지드 강은 흐름이 비교적 완만하잖아?"

『변경 마을 근처라면, 거친 장소도 있을 것으로 사료됩니다.』

게임 설정이 자연에도 영향을 미치는지, 에지드 강은 폭우로 인한 홍수 피해가 거의 보고된 적이 없다고 한다.

어획량은 풍부해서, 시장에 가면 게임에서 본 물고기를 포함해 종류가 다종다양하다.

그중에는 사람을 공격하는 흉포한 것도 있지만, 케나 일행이 손쓸 것도 없이 주민 여러분이 퇴치할 수 있는 수준이다.

언젠가의 키메라 악어상어 같은 것이 나오지 않는다면, 말이지만.

“혹시, 지난번 키메라 악어상어도 오푸스가 꾸민 짓이거나 하지는 않겠지?”

『그 점은, 여쭤보지 않으면 알 수 없습니다.』

키라도 오푸스를 거기까지 이해하는 것은 아닌 모양이다.

“날려버릴까? 날려버릴까?”

“쿠도 바로 폭력으로 직결되는 생각은 고치자. 응?”

“네~.”

천진난만하게 대답하는 쿠가 케나의 말을 얼마나 지켜줄지도 불명확하다.

생각해 보면 가장 수수께끼의 생명체라고도 할 수 있는 쿠는 케나를 서포트하는 것이 본래 일이지만, 그러기에는 자유로운 의지를 가졌다.

이런 식으로 메인-서브로 연결된 것은 위에서 하는 말에 순종하는 것이 일반적이다. 하지만 쿠에게는 그런 비장감이 없어 보인다.

케나 자신도 시스템을 어떻게 한다는 자각이 없어서인지, 쿠를 보조로 다루기 거북하다.

오푸스라면 이래저래 부려 먹을 것 같지만.

“쿠는 뭔가 잘하는 게 있어?”

“으? 으음?”

슬쩍 물어보니, 팔짱을 끼고 골똘히 생각에 잠겨버렸다.

“너무 심각해지지 않아도 돼.” 라고 달래듯이 말하자, 손을 척 든 쿠가 “먹기! 놀기! 자기!” 라고 큰 소리로 외쳤다.

“그, 그렇구나. 쿠는 언제나 활기차서, 보기 참 좋네.”

케나는 그 막강한 활기에 계속해서 밀리고 있다.

입원 중일 때도 너무 활기찬 어린아이 환자를 어려워했기에, 익숙한 감각이었다.

왠지 더욱 즐거워진 쿠는, 케나의 뺨에 몸을 댔다.

그러고는 “최고야!” 라고 말하며 뺨을 비비는 모습은, 케나의 마음에서 온기가 넘치게 했다.

조금 전 실수로 축 처졌던 케나는 쿠의 애교 덕분에 기운을 차리는 데 성공했다.

“휴. 고마워, 쿠.”

“응!”

쿠와 마주 보고 웃는다.

그러고 나서, 케나는 그곳이 시내 한복판임을 깨달았다.

혹시 지금까지의 행동으로, 주위 사람들의 구경거리가 되지 않았을까 하고 둘러보니, 아무도 케나 일행을 신경 쓰지 않고 있었다.

“내가 생각해도 참 부끄러운 대화를 하고 있었을 텐데.”

『조금 전, 오푸스가 은폐하고 갔습니다만, 무슨 문제라도?』

정확히는 오푸스의 특수 능력으로, 주위와의 연결을 짧게나마 끊은 것이다.

자세히 확인해 보니, 아무런 의문도 품지 않고 보행자들이 케나 일행을 피해서 걷고 있거나, 주위 소리가 전혀 들리지 않거나 한다.

【환영 마법】에 있는 【인식 저해】의 상위 효과라고 짐작한다.

하지만 처음부터 그런 여러 가지를 오푸스가 예상했다는 사실에 화가 나기도 하고 부끄럽기도 하다.

뒤섞인 감정을 주체하지 못한 채, 분개한다.

하지만 오푸스에게는 감사할 수밖에 없다.

그건 그렇다 치고 주체할 수 없는 감정을 어떻게 할지 고민하고 있자, 쿠가 파랗게 빛났다.

그 순간, 지금까지 주체하지 못하고 끌어안았던 감정이, 깨끗하게 사라져 버렸다.

"어?!"

"흐흥!"

득의양양하게 가슴을 펴고 있는 쿠가 보였다.

"【진정】의 효과?! 쿠는 이런 것도 할 수 있어?"

"할 수 있다고 생각했더니, 됐어!"

아무래도 감성대로 행동한 결과였던 모양이다.

결과에 관해서는 마법과 같은 효과를 냈다는 것에 케나가 놀라게 되었다.

서브 시스템이라고는 하지만, 쿠의 의지와 의욕에 따라서 제법 자유롭게 힘을 행사할 수 있는 것 같다.

“쿠는 대단하네.”

“대단해? 대단해! 앗싸!”

칭찬받았다는 것을 알자, 쿠는 깡충깡충 뛰며 기뻐했다.

공중인데도 참 재주도 좋다.

그러고 나서 잠시 후 주위 소리가 들려오기 시작해, 쿠는 케나의 머리카락 속에 숨었다.

짐을 많이 들고 눈앞까지 다가온 아저씨는 놀라 자빠질 뻔했을 정도다.

손을 내밀어 자빠질 뻔한 것을 잡아주자, 도리어 미안해질 만큼 감사를 받았다.

죄책감이 조금 들기도 했다.

꾸벅꾸벅 몇 번이나 고개를 숙이며 인파 속으로 사라져 가는 아저씨를 미안하게 여기면서, 케나는 궁금했던 것을 키에게 물었다.

“키.”

『무엇입니까?』

“오푸스의 ‘잇는’ 능력은 뭐야? 마법이야? 스킬이야?”

『……』

왠지 키가 말할지 말지 망설이고 있는 것 같았다.

모습이 잘 보이지 않아 비유가 떠오르지 않지만, 공기 인간이 팔짱을 끼고 상반신을 좌우로 기울이고 있는 이미지다.

『엄밀히 말하자면, 마법도 스킬도, 아닙니다.』

"정말……?"

『정말, 입니다.』

마법과 스킬 지상주의라고도 할 게임 보드에 올라탄 듯한 지금의 케나는 차마 이해할 수 없는 분류의 능력인 모양이다.

『굳이 말하자면, 케나의 게임 시스템과 비슷한 능력이라고 생각해 주십시오.』

"흐엑?!"

게임 시스템의 힘이라는 것은, 어떤 의미에서는 플레이어를 마음대로 조종하는 힘이다. 어디까지나 사용자가 자유롭게 쓸 수 있다면 말이지만.

그것과 비슷하다면 오푸스도 상당한 강권을 행사할 수 있다는 뜻일 것이다.

"전지전능 같은 거?"

『그 오푸스가, 그런 식으로 쓸 것 같습니까?』

"안 할, 것 같기도……?"

할 것 같은 생각은 들지만, 굳이 따지자면 함정에 빠진 플레이어를 내려다보며 큰 소리로 웃고 화면에서 퇴장하는 듯한 이미지다.

플레이어들을 공포의 구렁텅이에 빠뜨린 오푸스의 행동은, 그런 것뿐이었으니까.

최종적으로 함정으로 '잇는' 힘을 사용하더라도, 플레이어를 함정에 빠뜨리는 데 사용하지는 않을 것 같다는 생각에 이른다.

『게다가 케나를 위해서만, 사용할 것이라고 단언합니다.』

“헤에, 흐음. 그렇, 구나.”

키가 그렇게까지 힘주어 말한다면, 그럴지도 모른다.

일단은 키의 발언을 믿기로 하고, 오푸스에게 파고들어 묻는 것은 그만두기로 했다.

‘○를 믿는 ○를 믿어라’ 이론이다.

복잡해진 사고회로는 그쯤에서 멈추고, 최초의 ‘할 일’로 돌아간다.

소란스러운 왕도에서 마음을 가라앉히는 명상에 적합한 장소가 있다고 생각하기 어려우므로, 가끔만 이쪽에 올 수 있는 상황에서 할 수 있는 일이라고 하면 모험가 일밖에 없다.

“기왕이면 나도 가끔은 의뢰를 받아볼까.”

그런 생각밖에 없었다.

시간도 때우고 돈도 벌 수 있다는, 여러모로 딴지 요인이 가득한 이유이긴 하지만.

“쿠도, 쿠도 도울래!”

“응응. 쿠도 부탁해.”

사람들의 시선을 피하듯 머리카락 속에 숨어 있던 쿠도 찬성해 주었기에, 살짝 기대된다.

“근데, 조금 살벌한 분위기가 있나?”

시내를 한가로이 이동하고 있는데, 무장한 사람이 많이 보인다.

그중에는 완전히 흉포화된 혼 베어인가 싶을 정도로 험악한 기운을 두른 자도 있었다.

이쯤 되면 역시 일반인에게도 느껴지는 모양이라, 노골적으로 멀어지고 있다.

예선이 의뢰에 따라 배분된다고 해도, 참가 신청을 하기 위해서는 일단 왕도 내의 접수처까지 가야만 하는 것이다.

난폭한 자들의 펠스케이로 유입은 어떻게 해도 막을 수 없을 것이다.

모험가 길드에 도착해 보니, 이 주변이 특히 인구 밀도가 높다.

예선용 의뢰를 받을 수 있는 곳은 시내에서 여기밖에 없으니, 어쩔 수 없는 일일지도 모른다.

험한 일의 전문가는 전체적으로 잘생긴 사람이 적고, 험상궂은 얼굴이 즐비하다.

개중에는 온화하고 곱상하게 생긴 남자도 있는 모양이지만, 험상궂은 얼굴에 둘러싸여 있는 것을 보니, 같은 부류로 쳐도 상관없을 것이다.

가슴속 흉계가 한둘이 아닌 느낌이니, 시야에 넣지 않는 게 좋을 것 같다.

평소라면 시내 의뢰를 소화하는 어린 모험가도, 험상궂은 무리를 두려워해서인지 길드 주변에서 보이지 않았다.

케나가 그런 사람들 사이를 비집고 길드 안으로 들어가자, 당연히 이목도 쏠린다.

절반은 '뭐야 이 어린 아가씨는?' 이라고 당혹스럽게 여기는 시선이고, 나머지 절반은 사악한 의미를 포함해서 천박한 시선이다.

케나 자신의 외모가 빼어난 건 어쩔 수 없으니까, 그런 부류는 무시하는 게 상책이지만.

뭔가 재미있어 보이는 것은 없을지 케나가 게시판으로 가려던 참에, 접수 카운터에서 목소리가 들려왔다.

"아! 케나 씨! 마침 잘 오셨어요!"

굉장히 귀에 익은 목소리다.

몹시 불길한 예감이 들지만, 차마 무시할 수도 없다. 마지못해 그쪽으로 얼굴을 돌리자, 길드 직원인 아르마나가 손을 흔들고 있었다.

길드에 올 때마다 얼굴을 보고 있으므로, 이쯤이면 케나 전담 직원이라고 해도 과언이 아니다.

"뭐랄까. 웃는 얼굴로 보이지만, 뒤에 곰 덫이 기다리는 기분이 들어."

『동의합니다.』

"응. 무서운 느낌이 드는걸?"

키와 쿠도 같은 의견인 모양이다.

그렇다고는 해도, 눈이 마주친 이상 '기분 탓인가.' 하고 얼버무릴 수는 없으므로, 케나는 체념하고 아르마나에게로 향한다.

"아, 안녕하세요, 아르마나 씨."

“안녕하세요, 케나 씨. 진짜 오래간만이네요.”

케나는 긴장감을 팽팽하게 유지하며, 업무용 미소에 맞선다.

“오늘은 무슨 의뢰라도 받으러 오셨나요?”

“네, 뭐. 뭔가 재미있어 보이는 게 있으면 좋겠다 싶어서요.”

“그렇다는 것은 한가하시다는 거군요? 그렇죠?”

심각한 얼굴로 확인하듯이 몸을 내미는 아르마나.

선수를 빼앗겨 주춤하는 케나.

실제 나이는 15배 정도 차이 나지만, 인생 경험에서는 케나가 미숙할 수밖에 없다.

“사실은 케나 씨가 받아주셨으면 하는 의뢰가 있어요. 다른 누구도 아닌 케나 씨이기에 맡길 수 있다고 확신하고 있습니다. 그러니 받아주시겠죠? 뭐니 뭐니 해도 단독으로 도적단을 괴멸할 정도고, 그 실력은 길드에서도 높이 평가하고 있으니까요.”

“잠깐, 잠깐, 잠깐?!”

공공연한 비밀을 건드리면 반론할 수 없게 된다.

이제 와서 타르타로스=엑시즈에게 이름 공개를 허락한 것이 후회된다.

케나에게는 평소 다양한 모험가를 상대해서 노련한 길드 직원의 말발에 대항할 능력이 없었다.

“아, 그러면 케나 씨의 지명 의뢰로 해둘게요. 의뢰비가 두 배 정도 차이 나요.”

“으에에…….”

어영부영하는 사이에 의뢰를 받는 것이 결정되어 있었다.
이 전개에는 어딘가 데자뷔를 느낀다.
"훌쩍……."
『포기하고, 일에 임합시다.』
"케나, 파이팅!"
성령과 요정이 할 수 있는 일은 응원을 보내는 것밖에 없다.
자세한 이야기를 따로 하겠다고 해서, 별실로 안내받는다.
아르마나 말고도 남자 부(副)길드 마스터가 동석하고, 먼저 고개를 숙였다.
"우선 의뢰를 받아주셔서 감사합니다."
받아준 게 아니라, 받게 됐다고 하는 표현이 정확하지 않을까.
그렇게 중얼거린 케나에게, 부길드 마스터는 미간을 찌푸렸다.
딱히 불평하고 싶은 것은 아니다.
받았으니 완수할 생각은 당연히 있다.
거절할 수도 있겠지만, 케나에게는 그럴 만한 이유는 없었다.
아르마나가 아는 사이라는 것도 이유 중 하나다.
전혀 모르는 직원이었다면 즉각 거절했다.
"케나 씨? 이야기를 계속해도 괜찮을까요?"
"하세요. 이야기를 듣지 않으면, 저도 어떻게 해야 할지 모르니까요."
태연하게 대답한 케나에 두 사람은 김이 빠진다.

방금 불만을 중얼거린 것을 보면, '역시 이건 좀…….' 하고 거절할 가능성도 시야에 넣고 있었기 때문이다.

"음, 케나 씨께 의뢰할 일이란, 임시 시험관을 맡아주시지 않겠느냐는 부탁입니다. 가능할까요?"

"시험관? 혹시 투기제 예선 시험관 말인가요?"

"그래. 그것도 전투를 통해 상대를 판별해 주었으면 한다."

"하필이면 전투라니."

전투 요청이 되면, 케나로선 신중해질 수밖에 없는 사안이다.

좌우지간 튼튼한 플레이어와는 달리, 이 세계의 주민과 싸운다는 것은 트럼프 타워를 쌓는 정도의 섬세한 작업이 필요하기 때문이다.

"모험가 길드에서는 비밀로 한 귀하의 전적을 알기에 의뢰하는 것이다. 물론 기본적으로 그 전적을 타인에게 누설하지 않을 것을 철저히 지키고 있다."

아무래도 헬슈펠에서 도적단을 괴멸한 것이 케나의 전적에 더해진 모양이다.

이유는 모르겠지만, 그 실적은 모험가 길드에서 비밀 사항이 된 듯하다.

케이리나가 이끄는 기사단에 록 골렘으로부터의 요새 방어라든가, 코이로그 포박이라든가 하는 공을 넘겨주고, 이야기는 거기서 끝났다고 생각했다.

봐서는 케이리나가 어떤 연줄(아마도 사카이 상회)을 사용해 모험가 길드에 케나의 전적으로 통지하고, 길드 관계자만 열람할 수 있는 비밀로 한 것이리라.

“골치 아프게 됐네.”

『어쩐지 다급한 뉘앙스가 느껴집니다. 의뢰비를 더 세게 부르죠.』

키는 교섭하는 쪽의 고생도 모르고, 터무니없는 것을 제안하고 있다.

그리고 뒤통수 쪽 머리카락 속에서, 작게 “우~우~.” 하는 소리도 들려온다.

전투라는 말에 반응하는 건지는 모르겠지만, 쿠가 불평하는 것 같다.

다른 사람에게는 들리지 않는 곳에서 시끌벅적하다며 쓴웃음을 지을 수밖에 없다.

미리 내준 홍차로 입을 축이며, 케나는 의뢰의 상세 내용을 듣고자 아르마나에게 마저 말하라고 보챘다.

“그러니까? 어떤 파티 하나를 철저히 밟아 달라고?”

“네. 이런 일을 케나 씨께 부탁하는 것은 주제넘은 일입니다만, 이제 그들을 어떻게 할 인재가, 길드에 없습니다.”

“그건 승부조작 아니려나…….”

본심을 중얼거린 케나가, 머리를 감쌌다.

의뢰의 간결한 설명은 이렇다.

〈독사의 배〉라는 파티를 철저히 밟아 달라는 이야기다.

듣자니 이 파티는 꼬리를 잡히지 않는 것으로 나쁜 업계에서 유명한 문제아들이라고 한다.

모험가이면서도 한없이 불법에 가까운 방식으로 곳곳에 민폐를 끼치고 다닌다고 한다. 게다가 제법 실력도 있어서, 감당할 수 없는 모양이다.

"세이프라고 해야 할지, 아웃이라고 해야 할지. 계산해서 그러는 거라면 천재네."

들은 케나조차도 "으헤." 하고 인상을 쓰고 어이없을 지경.

누가 말하길, 포레스트 울프 토벌에 가서 '도중에 습격당했다.' 고 말하며 어딘가에서 이전에 토벌한 다른 마물의 토벌 부위를 제출하는 일이 종종 있다고 한다.

항의하려고 해도, 그 토벌 부위는 사냥감의 사후 하루 정도밖에 지나지 않은 물건이라, 사기 혐의를 추궁할 수 없다고 한다.

누가 말하길, 지난번 투기제에서는 사전에 소지품 검사가 있었는데도 독이나 마비 가루를 뿌려 상대나 관객에게 피해를 줬다고 한다.

덤으로 살인이 금지된 투기제에서 마비되어 움직일 수 없게 된 대전 상대를 죽기 일보 직전까지 몰아붙였다나 뭐라나.

관객 중에서도 너무나 잔혹한 행위를 보고 실신하는 사람이 속출했다고 하니까, 투기제 회장이 피바다가 될 뻔했던 것이리라.

시합 종료 후에도 소지품 검사를 했지만, 수상한 물건이나 흉기는 일절 발견되지 않았다고 한다.

그렇듯 증거도 남기지 않고 다양한 물건을 수납하고 내부의 시간이 멈추는 특수 아이템에 관해서, 케나는 짐작 가는 것이 있었다.

"아이템 박스, 일까……."

『십중팔구 플레이어겠지요. 뭉개는 걸 사양할 이유가 없어졌군요.』

호전적인 키는 일단 무시하고, 의뢰 내용은 〈독사의 배〉 일당을 투기제 예선에서 탈락시키면 끝일 모양이다.

"그 파렴치하기 짝이 없는 놈들을, 모험가 길드의 대표로서 내세우는 것을 단호히 저지해야 한다!"

이야기 중, 부길드 마스터가 혈관이 터질 듯이 격앙하여, 테이블에 주먹을 내리치고 있었다.

그것을 본 아르마나가 얼굴이 파래져 벌벌 떨고 있다.

처음에는 담담하게 서류를 읽듯 설명하던 부길드 마스터도, 마지막에는 악귀 같은 얼굴을 한 것을 보면 속이 끓는 것을 오래 참은 모양이다.

"까, 깜짝이야~."

"아아, 아니. 이거 실례했군."

잘못을 인정하고 사죄하며 쏟아진 홍차를 아르마나와 함께 치우는 부길드 마스터에게, 케나는 수긍하고 나서 고개를 끄덕였다.

"응. 그 의뢰 받아도 괜찮아요."

"어?!"

"저, 정말로?!"

찻잔 세트와 행주를 챙긴 두 사람이 눈을 동그랗게 뜨고 일어선다.

아르마나에게서는, '한 번 승낙했으니 놓치지 않겠다' 는 듯한 기백도 전해졌다. 그만큼 열망했던 건가.

"그, 그렇게 간단히 수긍해서 괜찮겠나?! 어쩌면 목숨을 잃을지도 모른다고!"

"저기, 의뢰를 받게 하고 싶은 건가요, 아니면 그만두게 하고 싶은 건가요?"

이번에는 테이블을 양손으로 쾅! 치고 몸을 앞으로 내밀어 케나에게 진심인지 물어오는 부길드 마스터.

걱정하는 것은 알겠지만, 그 질문에 어이가 없어진 케나였다.

"즉시 수속을 밟겠습니다. 그리고 케나 씨. 의뢰 수행은 바로 시작해야 하는데, 준비는 괜찮을까요?"

"뭐? 바로?"

"네. 실은 시험관이 도착하지 않았다고 말하며, 〈독사의 배〉 파티를 대기시킨 상태입니다. 들어올 때 있던 행색이 불량한 사람들이, 그 〈독사의 배〉, 입니다."

"아."

듣고 보니 출입구에서, 곱상남이 거느리고 있던 인상 나쁜 사람들을 떠올렸다.

아무래도 그 남자를 중심으로 한 파티가, 문제가 된 〈독사의 배〉인 모양이다.

【서치】를 걸면 누가 플레이어인지 알 수 있다.

과연 일부가 플레이어일까, 아니면 모두가 플레이어일까. 조사해 볼 때까지는 알 수 없는 것이 뽑기 같아서 조금 기대된다.

"문제는 어떻게 저 녀석들의 마음을 꺾어 놓을까, 인데."

"쿠가 날려버릴게!"

"쿠가 손대면, 사망자가 나오잖아. 제발 얌전히 있어."

섣불리 열정이 넘치는 쿠가 뛰쳐나온 탓에, 아르마나는 펜을 떨어뜨렸다.

덤으로 찻잔 세트를 들고 퇴실하려던 부길드 마스터는, 눈을 동그랗게 뜨고 굳어버린다.

"어, 어, 어……."

"요, 요요요요요요요, 요, 정?"

아무래도 도시 지역에서도 요정의 전설은 비슷한 모양이다.

경악한 두 사람의 시선을 받고, 쿠는 즉시 숨어버렸다.

아르마나는 놀라서 굳어 있었지만, 눈은 빛나고 있다.

그 느낌이 서서히 얼굴 전체로 퍼진다.

이유는 말할 것도 없다.

요정을 보면 행복해질 수 있다는 민간 전승 때문이다.

그 대상은 어린아이 한정이라고 들은 기억이 있는데, 어쩌면 도시 지역에서는 다른 걸지도 모른다.

대체 누가 퍼뜨렸는지는 모르지만, 요정에게는 큰 민폐다.

애초에 케나에게는 그 민간 전승 자체가 미심쩍었다.

게임 시절의 요정은, '절대로 엮이지 마라! 발견하면 도망쳐라!' 같은 취급이었기 때문이다.

중립 NPC일 텐데도, 하는 짓은 플레이어를 적으로 만드는 것밖에 없었다.

그것들의 영역에 발을 들였다가는 끝장이다. 매료가 섞인 달콤한 말로 '장비에 축복을 내려줄게.' 라며 알몸이 될 때까지 장비를 벗기고, 그대로 밖에 내던진다.

그것들은 하이엘프 말고는 전부 아래로 봐서, 케나도 전혀 모르는 데서 간접적으로 피해를 보고 있었다.

요정이 초보 플레이어에게서 벗긴 장비를 자주 바친 것이다.

그런 일이 종종 있었기에, '하이엘프 플레이어가 요정 강도 짓을 하고 있다.' 고 누명을 쓰고, 정의론을 내세운 플레이어에게 몇 번이고 PVP(대인전)를 강요당했던 것은 씁쓸한 추억이다.

"케나 씨, 방금 그건!"

"아."

그건 그렇다 치고, 눈을 빛낸 아르마나가, 희망에 찬 미소로 케나에게 간청하고 있었다.

봐버린 것을 환영이라고 얼버무리기에는 다소 늦었다.

어쩔 수 없이 "비밀이에요." 라고 운을 떼고, 쿠를 머리카락 속에서 꺼냈다.

"으으으으."

쿠는 볼을 부풀리고 불쾌하다고 맹렬히 어필하고 있다.

"쿠가 모습을 보이니까 그렇지. 이 자리뿐이니까 참아."

어쩔 수 없이, 정말로 어쩔 수 없이.

쿠는 싫은 표정으로, 아르마나와 부길드 마스터의 주위를 한 바퀴씩 돈다.

"요정님, 요정님."

"오오, 오오."

두 손을 모으고 기도하는 아르마나는 그렇다 쳐도, 눈을 동그랗게 뜬 채 눈물을 흘리는 부길드 마스터의 모습은 진심으로 깬다.

그래도 쿠가 모습을 드러낸 것은 그때뿐이었다.

쿠의 모습이 팟 하고 사라지자(케나에게는 선명하게 보인다), 두 사람은 아쉬운 듯이 어깨를 늘어뜨린다.

"아아, 요정님께서. 하지만 이걸로 저도 결혼에 성공할 수만 있다면!"

왠지 이전에 들었던 것 같은 이야기다.

모르는 사이에 증손자까지 생긴 케나르서는 이해할 수 없는 욕구다.

하지만 그런 소리를 결혼 적령기의 여성에게 했다가는 혼날 것 같다.

별실에서 이야기를 마치고 밖으로 나오자, 부길드 마스터가 심판으로서 동행하겠다고 나섰다.

"아하. 그래서? 어디서 싸우면 되나요. 설마 투기장에서 싸우라곤 안 하겠죠?"

"그것은 미리 장소를 확보해 두었다. 서문 밖 연병장이다."

"조심하세요, 케나 씨. 무슨 일이 있어도 자기 목숨은 지켜요."

"아, 네. 감사합니다. 열심히 할게요."

아르마나에게 손을 흔들며 헤어지고, 부길드 마스터의 안내로 모험가 길드를 뒤로했다.

서문까지는 거리가 있으므로, 시내를 도는 합승 마차를 탄다.

케나 혼자라면 건물 위를 달리는 게 빠르다.

하지만 동행자가 있으므로, 케나는 얌전히 지시에 따른다.

합승 마차라고는 해도, 좌우에 낮은 나무 상자가 놓인 덮개 없는 짐마차였다.

그것도 나귀 두 마리가 끈다.

부길드 마스터의 이야기에 따르면, 합승 마차는 도시 곳곳을 여러 대로 돌고 있으며, 운임은 동화 한 닢이면 된다고 한다.

"진짜 싸네?!"

"하하하, 아이도 이용할 수 있게 하라는 귀족님의 배려일세."

시내의 합승 마차는, 몇몇 귀족 가문에서 공동으로 운영하고 있다고 한다.

그중에는 마이마이가 시집을 간 하베이 가문도 있다고 한다.

그 밖에도 가도를 다니는 합승 마차도 있으며, 그쪽은 모험가 길드가 운영하고 있다고 한다.

모험가라면 호위를 겸할 의무가 발생하여 요금은 저렴한 편. 그래도 최소 은화 10닢부터라고 한다.

의외로 부길드 마스터는 수다스럽고, 말재간이 좋았다. 케나가 들은 길드에 얽힌 소소한 이야기 모음은 서문에 도착할 무렵까지 계속되었다.

"왠지 험악한 분위기가 감도네."

도착한 서문은 케나가 이전에 지났을 때보다 경비가 삼엄하고, 물샐틈없는 분위기가 더해져 있었다.

"미연에 차단하는 방식인데, 왕도 안에 가급적 골치 아픈 인물은 들이고 싶지 않으니까."

"과연."

복잡한 얼굴을 한 부길드 마스터의 말에 고개를 끄덕이고, 케나는 방금 막 검문을 통과해 온 사람의 진로를 막았다.

그는 행상인 같은 차림새로, 부드러운 미소를 띤 청년이었다.

"어이쿠, 무슨 일이시죠, 아가씨. 저에게 무슨 볼일이라도?"

"상인분이시군요. 무슨 물건을 취급하죠?"

"공교롭게도 당신처럼 아름다운 분에게 필요한 물건은 아니지요. 자잘한 물건을 다루는 것이 고작이라 실례하겠습니다."

아무렇지 않은 얼굴로 서둘러 지나가려는 청년에게, 케나는 단도직입적으로 쏘아붙인다.

"줄에 서 있는 동안, 지갑을 대체 몇 개나 슬쩍했나요?"

청년도, 주위에 있던 병사도, 부길드 마스터조차도 기겁하여 얼굴을 돌렸다.

"아니, 저기. 무슨 근거로 그런 트집을 잡는 건가, 아가씨?"

지지 않고 받아치는 청년의 말에 귀를 기울이지 않고, 케나는 오른팔을 비스듬히 내리쳤다.

손끝이 가로지른 풍압을 느끼고, 청년은 할 말을 잃었다.

동시에 울린 금속 소리와 함께, 여러 개의 가죽 지갑과 무언가 빵빵하게 채워진 주머니가 그 자리에 떨어졌다.

주위에서 무슨 일이 일어났는지 구경하던 사람들이 눈을 동그랗게 뜬다.

케나가 한 번 휘두른 오른팔이 청년의 품을 헤집고, 거기서 떨어진 물건은 청년이 벌인 일의 성과였다.

"큭!"

순식간에 형세가 불리함을 깨닫고 도망치려고 한 반응 속도는 칭찬할 만하지만, 하필이면 눈앞에 있는 상대가 너무 나빴다.

내디딘 발을 걷어차여, 달리는 자세로 전환하려던 몸이 비스듬하게 기운 채 공중에서 팽이처럼 회전한다.

눈이 핑핑 도는 가운데 땅바닥에 내팽개쳐지고, 순식간에 뻗어버린다.

가엾은 청년은 영문도 모르는 사이에 달려온 병사에게 붙잡히고 말았다.

"협력해 주셔서 감사합니다!"

"우연이었으니까, 너무 예의 차리지 마세요."

병사들이 일제히 경례하면 케나도 견딜 수 없다.

정말로 우연의 일치다.

무심코 사람들이 선 줄에 【서치】를 걸면 어떻게 될까, 하고 생각해서 한 행동이었다.

설마 맨 앞줄에 사기꾼 겸 소매치기가 있을 줄은 아무도 생각지 못하리라.

당사자가 가장 당황했지만.

"플레이어를 보는 것과는 달리, 표시된 게 직업이랑 칭호랑 상황이라니, 뭐야, 방금 그건."

『참고로, 어떻게 표시됐는지 여쭤도 되겠습니까?』

"이름이랑 레벨이 한 자릿수. 사기꾼이랑 '지갑을 대량으로 슬쩍한 작업이 끝난 뒤' 라는 주석이 보였어."

『과연. 시스템의 은혜만은, 아닌 것 같군요.』

키와 이야기하고 있을 때, 서문 병사장에게 "수고를 끼쳐드렸습니다. 기사단장님의 약혼자님!" 같은 말을 해서, 케나는 쓴웃음이 나왔다.

그 말을 들은 부길드 마스터도 "나도 그 소문을 들은 적이 있는데 사실인가?" 하고 질문하는 판국.

정체 모를 연락망에 의해, 기사단장의 약혼자로 알려지는 지금 상황이 이미 무섭다.

이것은 샤이닝세이버가 우습게 보이는 걸까, 아니면 단순히 걱정하는 걸까.

일단, 가까운 곳부터 오해를 풀기 시작하자.

"전혀 사실이 아니니 믿지 말아 주세요!"

"어, 어…… 알았으니까 어깨에서 손 좀 놔줘. 삐걱거리고 있어, 삐걱거리고 있다니까."

파랗게 질린 얼굴로 납득해 준 부길드 마스터가 안내한 곳은 서문에서 조금 걸어간 곳에 있는 매우 낯익은 장소였다.

"습격 때 피짱이 날뛰었던 장소잖아."

최종 방어선이었던 광장이라고도 한다.

병사나 모험가를 대기시키려고 가도 좌우의 숲을 튼 곳을 연병장으로 재이용하고 있는 것이리라.

여기라면 가도를 지나가는 자들을 감시할 수 있고, 무슨 일이 생겼을 때 지킬 수도 있다.

실제로 가도 근처 한쪽에서는 주둔하고 있는 병사들이 각자 훈련에 힘쓰고 있었다.

그리고 그 반대쪽에는 남자 다섯 명이 적당히 앉아 쉬고 있다.

"기다리게 했군."

"기다리다 지쳤습니다."

부길드 마스터가 앞으로 나서자, 지팡이를 든 곱상남이 슬쩍 일어선다.

다른 이들은 스킨헤드 인간족과 안대를 한 인간족.

회색 털 코볼트와 모히칸 머리를 세운 세기말 인간족이다.

이 다섯 명으로 〈독사의 배〉 파티라고 한다.

케나의 【서치】로 판명된 것은 네 명이 40레벨 이하.

플레이어인 것은 세기말 스타일의 인간족 한 명이다.

이쪽의 레벨은 100이 채 안 되므로 문제도 안 된다.

"제군은 예선으로서, 이 아가씨와 싸워 줘야겠다. 이기면 예선 통과로 한다."

부길드 마스터가 말하자, 휘파람과 박수가 〈독사의 배〉 일당에게서 터져 나왔다.

"꼬마 아가씨를 쓰러뜨리기만 하면 되는 거냐!"

"쉬운 시합을 하라는 거냐?"

"부길드 마스터도 노망난 거 아니야!"

"이런 간단한 시험을 볼 의미가 있나."

네 명이 저마다 케나를 얕보는 가운데, 딱딱한 목소리를 낸 것은 지팡이를 든 곱상남이다.

"다들 조심해라. 그 아가씨는 가끔 주점에서 화제에 오르는, 물 위를 걷는 아가씨다. 만만한 상대일 것 같으냐."

낄낄 웃던 다른 동료들은 곱상남의 말에 일제히 입을 다물었다.

그때까지 힘이 빠져 느슨하던 태도에서, 순식간에 전투태세를 갖춘다.

각자 무기에 손을 얹고, 케나에게 번뜩이는 시선이 집중된다.

(이런이런, 얕봐주면 편했을 텐데.)

『리더 격이 있는 것만으로도 낫지 않습니까?』

얕보기만 하면 멋대로 붕괴해 줄 알았는데, 케나는 예상이 완전히 빗나가 한숨을 쉬었다.

설마 물 위를 걷는 것으로 이름이 알려지게 될 줄은 생각도 못 했기에.

들은 이야기로 쓰레기 집단이라고 생각했던 만큼, 이만큼 통제가 잘 잡힌 것은 예상 밖이다.

"이게?"

"그렇게는 안 보이는데……."

그래도 아직 반신반의하는 멤버들 속에서, 모히칸 머리만이 가늘게 뜨고 있던 눈을 동그랗게 뜨고 뒷걸음질 치고 있었다.

모히칸 머리도 케나와 마찬가지로 【서치】를 걸어, 아무것도 보이지 않는 것에 놀란 것이리라.

현재 케나의 스테이터스를 열람할 수 있는 사람은 케나 본인을 제외하면 같은 레벨대의 오푸스뿐이다. 일단 이름과 소속국만은 보이지만, 자기소개 없는 순수한 상태에서 케나를 〈은색 고리의 마녀〉라고 간파하는 플레이어도 한정된다.

100 남짓한 레벨이 케나를 열람하려 하다니, 분수를 몰라도 너무 모른다.

"어이, 왜 그래?"

"위험해, 그 여자는 위험해! 리더!"

모히칸 머리가 상당히 겁먹은 모습으로 경고했다.

케나의 정체를 눈치챈 것 같지는 않지만, 필사적인 것만은 전해진다.

"각오 단단히 해라! 여기서 예선을 통과하지 못하면, 그 즐거운 나날은 다시 돌아오지 않는다고!"

"""그, 그래!"""

리더라고 불린 곱상남의 질타에 모두가 의욕을 보이며, 각자 무기를 뽑는다.

투기제를 혼란에 빠뜨린 녀석들이, 무슨 잠꼬대 같은 소리를 하는지.

점수를 후하게 주어 〈독사의 배〉가 예선을 통과하게 했다간 길드 의뢰가 실패로 돌아간다.

그렇다고 섣불리 살상력이 높은 마법을 날렸다가는, 지형을 바꾸는 정도로 끝나지 않는다.

상대에게서 꺾일 마음조차 남기지 않는 심술은 있을 수 없다.

케나는 아이템 박스에서 기이하게 생긴 검을 뽑았다.

검신 한가운데에 이빨 달린 아가리가 있는 검.

코이로그도 사용했던 아랑의(맹견 주의) 검이다.

뽑아 든 순간부터 입을 쩍쩍 여닫으며, "케케켁!" 하고 불쾌한 울음소리를 내고 있었다.

일정 시간 침묵하는, 영문 모를 이벤트의 보수인 아랑의 검. 그것에는 맞닿은 상대의 무기를 물어뜯는다는 특수 능력이 있다.

그리고 덤으로 으르렁대고 웃는, 희귀 무기이면서도 불쾌한 무기 랭킹 2위에 군림했었다.

참고로 랭킹 1위는, 같은 무기 파괴 능력을 지녔으면서 유난히 시끄럽게 떠드는, 소음의 방패(입닥쳐)다.

아랑의 검을 손에 든 순간, 모히칸 머리의 안색이 극적으로 나빠졌다.

"젠장, 이러니까 흑국 놈들은!"

(어라?)

『호오, 소속국 편견이 여기에도.』

곤혹스러워하는 케나와는 정반대로, 키는 즐거워 보인다.

왠지 히죽히죽 웃는 분위기가 느껴진다.

케나는 잘 몰랐지만, 게임 중의 전쟁 이벤트에서 플레이어에게 가장 미움받고, 가장 상대하고 싶지 않은 나라가 압도적으로 흑국 진영이었다.

일반 플레이어로서는 넘사벽이라고 할 수 있는 초월자 플레이어가 몰린, 정신 나간 길드의 집합체였기 때문이다.

소수 인원이라도 모두가 초월자인 〈크림치즈〉 길드 말고도, 플레이어든 NPC든 관계없이 아무 데서나 함정을 설치하고 즐기는 〈후마 닌자군〉 길드라든가.

여장한 우락부락 아저씨가 게임 내에서 바를 영업하며, 가끔 미남 플레이어를 유괴하기도 하는 변태들의 모임, 〈핑크 파인애플〉 길드라든가.

전쟁 이벤트 때는 각지의 상황을 정확하게 기록하고 방송하는 한편, 작은 내부 이벤트를 재빨리 감지하고 바람잡이를 투입해 전체 이벤트로서 판을 휘젓는 것으로 정평이 난 〈생방 중계〉 길드라든가.

그 밖에도 강렬한 녀석들이 많았다.

어쨌든 하나같이 보통이 아닌 길드의 집합체였다.

그것도 처음에는 각기 다른 나라 진영에 있었지만, 서서히 밀려나 흑국에 집결한 결과다.

다른 나라도 품격이 어쩌고 하며 그 녀석들을 쫓아냈으니, 흑국만의 탓이라고 할 수는 없을지도 모른다.

그들을 이끌고 지휘관인 오푸스가 지휘봉을 휘두르는 것이다.

인접한 백국이나 자국은 매번 끔찍한 꼴을 당했다.

그런 일이 매번 일어나다 보니, '흑국 진영은 위험하다' 는 것이 리아데일을 플레이했던 모든 플레이어의 인식이다.

모히칸 머리도 그런 소문을 믿었던 플레이어일 것이다.

욕설을 내뱉으면서, 곱상남에게 싸움을 회피하도록 진언하고 있었다.

"저 녀석은 진짜 위험하다고요. 여기선 물러납시다."

"바보입니까, 당신은. 그런 짓을 하면 1년을 기다린 보람이 없지 않습니까."

"죽는 것보다는 낫다고요!"

"상대는 한 명입니다. 선수를 잡기만 하면 우리가 이기지 못할 싸움은 없습니다. 당신도 각오를 다지세요. 알겠습니까."

"으, 네, 넵……."

모히칸 머리는 약점이라도 잡힌 걸까.

레벨이 낮은 주민에게 너무 부려 먹히는 것 같다.

상대의 대화는 귀에 들어오고 있지만, 케나는 죽이지 않을 싸움 방식을 모색하느라 머릿속으로 100퍼센트 가동하고 있었기에 집중해서 듣고 있지 않았다.

키는 저쪽의 대화도 명확하게 기록하고 있었지만, 케나가 공개를 요청하지 않으면 파기할 예정이다.

몇 미터의 간격을 두고 마주하는 한 명과 다섯 명.

가도 반대편에서 훈련하던 병사들도 손을 멈추고 예선을 구경할 생각인 모양이다.

"잘 들어라. 지면 실격. 상대를 죽여도 실격이다. 특히 〈독사의 배〉. 너희한테 말한 거야, 너희한테! 특히 조심해라!"

"괜찮습니다, 마스터. 상대는 여자이니까요. 저는 여자를 부드럽게 대하기로 했거든요. 침대에서 말이죠."

끈적한 욕망이 가득한 시선에도 케나는 동요하는 기색이 없었다.

이런 종류의 민감성 발언은, 과거 길드 멤버였던 에베로페에게 질리도록 들어서 내성이 확실하게 생겼다.

케나의 눈에서도 동요하는 기미를 찾지 못해, 곱상남은 의아한 표정을 지었다.

그리고 부길드 마스터의 "시작!"이라는 신호로, 예선 시합이 시작되었다.

거의 그 신호와 동시에 "어머님, 힘내세요!" 라고 즐겁고 귀에 익은 목소리가 들려, 케나는 무심코 가도 쪽을 돌아봤다.

그곳에는 손을 크게 흔들며 케나에게 윙크를 날리는 마이마이가 있었다.

"마이마이……. 왜 있어?"

허탈하게 중얼거리는 케나.

그 모습은 누가 봐도 빈틈투성이다.

시작은 공 모양이 된 새빨간 불꽃.

"파이어 볼! 하하하하! 우리를 얕본 것을 후회하게 해주마!"

그때까지의 정중한 신사의 가면을 벗어 던지고, 곱상남이 비웃는다.

일직선으로 날아간 화염구는 케나의 몸을 폭염으로 뒤덮었다.

어머니의 모습이 폭염에 사라져도, 구경꾼이 된 마이마이는 태연했다.

싱글벙글 기분 좋은 표정을 잃지 않는다.

폭풍이 휘몰아치는 가운데, 코볼트가 마무리하려는 듯이 투척용 나이프를 두 자루 던졌다.

"칫, 무기를 뽑을 틈도 없이 끝나버렸군."

깔보고 있던 안대남은 하품을 삼킨다.

하지만 모히칸 머리의 "저딴 걸로는 공격도 안 돼!" 라는 초조

함 섞인 외침에, 대검을 바로잡았다.

흙먼지 속에서 상처 하나 없이 나타난 케나는, 오른손으로 만지작거리던 나이프 두 자루를 뒤로 던져 버렸다.

"그래서?"

웃으며 고개를 갸웃거리고 도발했다.

"하압!"

안대남이 정면에서 내리친 대검을, 케나는 왼손에 든 아랑의 검으로 받는다.

"빈틈투성이잖아!"

스킨헤드가 안대남 뒤에서 나타나, 케나의 배를 향해 검을 찔러 넣는다.

하지만 그 칼끝은 케나의 몇 센티미터 앞에서 보이지 않는 벽에 막혀 멈췄다.

"헉?!"

"무리라니까."

스킨헤드의 눈앞에 케나의 오른쪽 손바닥이 펼쳐진다.

그 손가락 사이로 케나를 쳐다본 스킨헤드가 눈을 크게 떴다.

【매직 스킬: 폭음폭식(가르가르)】.

"잠들어."

오른손에서 방출된 검은 안개가 스킨헤드의 온몸을 뒤덮는다.

검은 안개 자체는 금방 사라졌지만, 스킨헤드는 그 자리에 쓰러져 드러누웠다.

"""?!"""

다른 세 사람이 숨을 삼키고, 동료의 모습에 동요하는 가운데, 모히칸 머리가 "저 녀석은 기절했을 뿐이야!" 라고 외친다.

그 한마디에 정신을 차린 안대남은, 맞부딪친 검에서 이상한 소리가 들리는 것을 알아차렸다.

우적우적 버걱버걱.

놀랍게도 케나의 검이 대검을 갉아먹고 있었다.

금이 가고, 깨지고, 미세한 조각조차 안 남기고 먹어 치운다.

검이라기보다, 대식가 마물 같다.

황급히 거리를 벌린 안대남의 대검은 4분의 1이 먹혀, 그 용도를 상실했다.

"뭐야 저건?!"

놀랄 일이 너무 많아 딴지가 따라잡지 못한다.

저 녀석이 하는 일, 움직임, 발언.

일일이 설명을 듣고 싶지만, 모히칸 머리도 모르는 것이 많아 전부 해설하지 못한다.

무표정하게 검을 손안에서 빙빙 돌린 케나가 칼끝으로 코볼트를 겨눴다.

"아까부터 바람에 독이나 마비약 같은 걸 섞어서 뿌리는 것 같은데, 나한테는 그런 거 안 통해."

케나의 주위에는 본인에게만 보이는 스테이터스 표시가 있고, 근처의 상황 로그에는 '독 무효 발동' 이라거나 '마비 무효 발동' 이라는 글자가 뜨고 있다.

놀란 코볼트는 동요한 기색으로 허둥지둥 팔을 움직여, 가지고 있던 주머니를 등 뒤로 숨긴다.

그런 동작을 보이면 다 들킨다.

동료들에게서 혀 차는 소리가 터져 나오고, 코볼트는 폭포처럼 식은땀을 흘리며 굳어버렸다.

그 말을 들은 부길드 마스터의 눈꼬리가 치켜 올라가지만, 결과가 나올 때까지는 중단하지 않는다.

"젠장, 이거라면 어떠냐!"

곱상남이 외치자, 조금 전보다 한층 더 큰 화염구가 생성된다.

그것이 케나를 삼키려는 듯이 날아간다.

리 자
【매직 스킬: 얼음 화살】.

"에잇."

케나가 발사한 펜 크기의 얼음 화살이 화염구와 접촉한다.

케나와 마이마이를 제외한 다른 사람들은 화염구에 얼음 화살이 삼켜지고 끝날 것으로 생각했다.

하지만 얼음 화살이 화염구를 꿰뚫으면서 불꽃을 간단히 꺼뜨린다.

모두의 눈이 동그래졌다.

날아간 얼음 화살이 넋 놓고 있던 곱상남의 지팡이를 맞혀 부러뜨려 버린다.

"아, 아아앗?!"

곱상남의 비통한 목소리에 동료들이 돌아보고, 얼굴이 고뇌로 일그러진다.

케나는 허리에 손을 얹고 "더 할 거야?" 라며 네 사람에게 결단을 재촉했다.

굳이 따지면 케나가 남자들을 죽이지 않도록 세심한 주의를 기울여 행동하고 있다.

바로 효과가 나타나고, 기절시키는 마법이라고는【가르가르】정도밖에 떠오르지 않는다.

그 밖에는 악기를 연주해 상대를 잠들게 하는 방법이라든가.

끝없이 넘어뜨려 상대가 아무것도 못 하게 하고 승리하는 방법이라든가.

팔다리를 하나씩 부러뜨려, 상대에게 무력감을 맛보게 하는 방법이라든가.

아차…….

점점, 오푸스의 방식과 비슷해지는 것 같기도 하다.

그렇게 깨달은 케나는 머리를 흔들어 잡념을 쫓아냈다.

""""아니! 아직 안 끝났다!""""

모히칸 머리가 케나와 마찬가지로 아랑의 검을 꺼내고, 곱상남이 지팡이 없이 마력을 연성하며, 안대남이 허리에서 단검을 뽑고, 코볼트가 무수한 나이프를 손에 들자, 케나는 한숨을 크게 쉬었다.

어이가 없어서 그런 게 아니다. 체념하고 마지막 수단을 쓰기로 했을 뿐이다.

【소환 마법: 엠퍼러 슬라임】

케나의 앞 지면에 직경 2미터나 되는 붉은 소환진이 형성되자, 돌격하려던 〈독사의 배〉 일당은 발을 멈추고 주춤거렸다.

거기서 톡 하고 튀어나온 것은, 사람 손바닥에 올라갈 크기의 푸딩이다.

정확히는 푸딩을 닮았고, 머리 꼭대기에 왕관이 얹힌 슬라임이 등장했다.

푸딩을 보고, 케나를 보고, 동료들의 얼굴을 본 〈독사의 배〉 멤버들이 갑자기 웃음을 터뜨린다.

"하하하하하! 이런 조그만 녀석한테 의지하겠다는 거냐!"

"크하하하하하! 우리도 얕보였군!"

"푸하햐햐햐햐! 이런 조그만 녀석이 뭘 할 수 있다는 거냐!"

"후헤헤헤헤, 이런 거라면 나 혼자로도 충분하다고! 봐라!"

코볼트가 나이프 투척 자세에 들어갔을 때, 엠퍼러 슬라임은 깨알같이 동그란 눈동자를 케나 쪽으로 향했다.

케나는 그에 응하듯이 고개를 끄덕이고, 엠퍼러 슬라임에게 한마디 "복통."이라고 전한다.

그 순간, 엠퍼러 슬라임에게서 뿜어져 나온 노란 마력이 코볼트에게 쏟아졌다.

노란 아지랑이 같은 것을 뒤집어쓴 코볼트는 눈을 감고 충격에 대비하고 있었지만, 조심스럽게 눈을 뜨고 몸을 더듬으며 아무

일도 없는 것을 확인한다.

갑작스러운 일에 한순간 웃음을 멈췄던 〈독사의 배〉의 다른 세 사람은, 어리둥절 우스꽝스러운 표정을 드러낸 후, 다시 웃기 시작했다.

천둥 같은 소리가 울려 퍼지기 전까지는.

웃음소리만 울려 퍼지던 그곳에, 갑자기 부자연스러운 꾸르르르륵 소리가 울린다.

동시에 양손에 들고 있던 투척 나이프를 떨어뜨린 코볼트가 배를 부여잡고 쓰러졌다.

"어, 어떻게 된 거야!"

동료들이 달려가는 가운데, 비지땀을 흘리며 입을 벌리고 혀를 축 늘어뜨린 코볼트는 "배, 배, 가…… 아, 아파."라고만 간신히 입에 담는다.

곱상남과 모히칸 머리, 안대남이 정신이 번쩍 들어 원흉인 푸딩을 응시할 무렵에, 케나는 이미 다음 지시를 엠퍼러 슬라임에게 내리고 있었다.

"구토."

이번에는 네 사람을 참을 수 없는 구역질이 엄습한다.

술을 마시거나 폭식한 것도 아닌데, 위장 속 깊은 곳에서 올라오는 구역질이 멈추지 않는 것이다.

이런 곳에서 꼴사나운 모습을 보여서는 안 된다는 자존심만으로, 남자들은 입을 막고, 필사적으로 참는다.

“숙취.”

이어서 네 사람을 덮친 것은 머릿속에서 경종을 있는 힘껏 두드리는 듯이 강렬한 두통이었다.

쿵쿵쿵 하는 이명이 멈추지 않고, 머릿속 깊은 곳에서 뇌를 두드리는 아픔에는 도저히 견딜 수가 없다.

남자들은 입과 머리를 부여잡고 연병장을 뒹굴었다.

그래도 아픔이나 괴로움에선 벗어날 수 없다.

“의외로 끈질기네.”

괴로워하는 〈독사의 배〉 멤버들을 바라보며, 케나가 중얼거린다.

사실 그들은 고통을 견디지 못하고, 신음 말고는 소리를 낼 수 없는 것이다.

케나의 몸을 통통 튀어 올라온 엠퍼러 슬라임이 왼쪽 어깨에 올라탄다.

하지만 케나의 머리카락 속에서 나타난 쿠가 “으르르릉.” 하고 위협하자, 깜짝 놀라 반대쪽의 오른쪽 어깨로 도망쳤다.

“자자, 쿠. 유치한 짓은 하지 마.”

“뿌.”

케나에게 주의를 받고 볼을 부풀린 쿠는 엠퍼러 슬라임을 쫓아낸 왼쪽 어깨에 앉았다.

“어, 어이. 저건 괜찮은 건가?”

부길드 마스터가 계속해서 괴로워하는 〈독사의 배〉 일당을 손가락으로 가리키며 그 용태를 걱정하고 있었다.

아까는 그토록 혐오했으면서, 이상한 일이다.

"그냥 상태이상에 걸렸을 뿐이에요."

"그렇다기엔 괴로워하는 저 모습이 심상치 않지 않나?"

강제 구토와 최상급 숙취에 시달린 사람만이 아는 고통이다.

【고통 내성】 스킬조차 없는 자에게는 지옥에 떨어진 것 같은 상태다.

"어, 어머님, 그 소환수는 무엇인가요?"

"이러면 시합을 속행할 수 없겠군." 이라고 중얼거리는 부길드 마스터에 이어, 표정을 굳힌 마이마이가 물어온다.

"엠퍼러 슬라임이야. 300레벨에, 플레이어도 쓸 수 없는 상태이상 마법을 써."

앞에 '끔찍한' 이라는 수식어가 붙지만.

주로 슬라임 집단 뒤에 숨어서 출현하기 때문에, 초월자들도 대처하기 어려운 몬스터다.

당시에는 무효 스킬 같은 건 없었으니까.

"두 개 정도 더 얹어줄까."

얼굴이 파랗다 못해 하얗게 질린 〈독사의 배〉 일당을 쏘아보는 케나에게, 마이마이와 부길드 마스터가 황급히 매달렸다.

아무리 미워도, 몸부림치며 괴로워하는 자에게 추가타를 날릴 만큼 부길드 마스터는 인성이 망가지지 않았다.

케나의 경우는 더 근본부터 마음을 꺾으려고 한 거지만.

"부탁입니다, 어머님! 폭군은 그만해 주세요!"

"폭군이 뭐야, 폭군이."

"이, 이 시합은 너의 승리다. 즉시 그들을 해방하고, 길드에서 보수를 받아 가라! 부탁한다!"

"왠지 제가 나쁜 것 같잖아요, 그거."

엠퍼러 슬라임에게 "해제."라고 전하자, 애벌레처럼 꿈틀거리던 독사의 배 멤버들의 움직임이 느려지더니, 이윽고 멈춘다.

처음에 복통이 걸렸던 견인족은 악취를 풍기며 입에 거품을 물고 흰자위를 드러낸 채 기절해 있었다.

상태이상이 해제된 지금은 HP가 조금 줄어든 것을 빼면 건강 그 자체다.

트라우마(후유증)에 시달릴지도 모르지만.

마이마이가 한 명 한 명에게 【단일회복(듀르)】을 걸어주자, 정신을 차린 남자들이 느릿느릿 일어난다.

공허한 그 눈이 케나의 모습을 포착하자, 곱상남과 코볼트가 비명을 지르며 순식간에 그 자리에서 도망쳤다.

아무도 막을 틈도 없었을 만큼 재빠른 도주였다.

중간에 기절한 스킨헤드만이 팔팔했고, 모히칸 머리와 안대남이 다시 기절한 것은 말할 것도 없다.

"아. 여기 뒤처리는 이쪽에서 해두겠다. 케나 군은 이제 여기를 떠나게."

"맞아요. 그렇게 하시죠, 어머님. 길드로 가요."

손으로 이마를 짚은 부길드 마스터와 등을 떠밀어 이 자리를 뜨길 권하는 마이마이에 의해, 케나는 펠스케이로 안으로 밀려갔다.

케나가 모험가 길드에서 〈독사의 배〉 해산 소식을 들은 것은, 훨씬 더 나중의 이야기다.

제3장 접수와 오해와 모자와 준비

케나가 악랄한 행동으로 〈독사의 배〉를 괴롭히기 조금 전, 오푸스는 동문 밖에 설치된 투기제 접수처를 찾아갔다.

위압감 넘치는 금색 무늬가 들어간 검은 로브 차림에, 사이렌을 데리고 있는 상태였다.

접수처에 앉아 있던 작은 남자를, 눈빛만으로 벌벌 떨게 하고 있었다.

"어이쿠, 여긴 투기제 등……, 아니아니 나으리?! 쇤네는 아무 나쁜 짓도 안 했습죠. 잡아가지 말아 주십쇼……. 어? 아니라고?"

왠지 그 위풍당당한 모습만으로, 무언가를 단속하는 관리로 오해받고 있었다.

"뭐야, 간 떨어지게 하지 마. 사용인까지 데리고 있길래 틀림없이 귀족 나으리인 줄 알았잖아."

"여기서 투기제 접수를 받는다고 들었는데?"

주위에는 펠스케이로의 동문 정도밖에 없다.

가끔 도보나 마차로 찾아오는 방문객의 신원을 확인하는 문지기가 응대하는 목소리가 조금 들릴 뿐, 비교적 조용한 환경이다.

투기제라고 하니 출전을 희망하는 자들로 넘쳐날 줄 알았는데, 사전에 들었던 스카르고의 이야기대로 오푸스 일행 말고 다른 참가자는 전혀 없었다.

"아, 아아. 나으리 말대로, 여긴 투기제 참가자 등록 창구가 맞아. 뭔가 김이 빠진 것 같지만, 매년 이래. 여기에 사람들이 쭉 줄을 섰다는 건, 기록에 따르면 100년도 더 전의 일이야."

"흠, 그런 것 같군."

"초라해 보이지만, 난 엄연히 이 나라의 병사라고. 여기에 왔다는 건 나으리도 투기제에 나간다는 거겠지? 자, 등록 용지. 여기에 이름을 쓰고 제출하면 돼."

팔락 하고 건네받은 종이를 보니, 대표 이름과 파티 참가 인원, 파티 이름을 쓰는 칸밖에 없었다.

진짜 엉성한 참가 신청서다.

"질문 좀 해도 되겠나?"

"아아, 내가 대답할 수 있는 거라면."

턱에 손을 대고 생각하던 오푸스의 물음에, 작은 남자는 과장되게 고개를 끄덕였다.

"예를 들어, 용병단이 통째로 참가해도, 다 같이 시합에 임할 수 있는가?"

"아. 안타깝지만 나으리. 그건 무리라는 말씀."

작은 남자는 손을 흔들어 오푸스의 생각을 기각한다.

"최대 참가 인원은 대전 상대와 같아. 대전 상대가 20인 규모의 용병단이라도 되지 않는 한, 대개는 다섯 명이나 여섯 명 아니겠어."

"과연, 1파티는 넘길 수 없는가."

1파티란 게임 시절의 단위에 해당한다.

최대 여섯 명으로 1개 파티를 만들 수 있는데, 여기서도 그 흔적이 남아 있는 모양이다.

"혼자서는 출전할 수 없는 건가."

"아니, 나으리. 혼자서 단체전은 무리라고. 자, 저기 간판에도 쓰여 있잖아. '단체전은 세 명 이상부터' 라고. 뭐? 어? 저 아가씨도 같이 나간다고? 어이어이, 사용인이 난폭한 놈들을 상대한다니 제정신이오. 다시 한번 생각해 보는 게 좋지 않겠어?"

"괜찮습니다. 걱정해 주셔서 감사합니다. 이것도 사용인의 의무. 신경 쓰지 마십시오."

사이렌이 꾸벅 고개를 숙이자, 씁쓸한 얼굴을 한 작은 남자는 아무 말도 못 하게 된다.

동시에 다른 것에 생각이 미쳐, 얼굴을 찡그린다.

"나으리랑 메이드가 나가나. 그러면 한 명 부족하지 않아?"

"지금은 따로 움직이고 있다. 나중에 합류할 예정이야."

오푸스의 적당히 한 변명을, 작은 남자는 그런가 보다 하고 흘려들었다.

지금은 투기제 전이라 시내가 혼잡하니까, 숙소 예약이라든가 소모품 구매 등을 따로 행동하는 자가 담당하고 있으리라고 멋대로 어림짐작한 것이다.

“다치기 전에 그만두는 게 좋을 것 같은데……. 이런이런, 세상에는 별난 놈도 다 있구먼. 난 말렸으니까. 나중에 후회하지 말라고.”

“그러면서도 말리지 않는 걸 보니, 네놈이 눈 역할인 거로군.”

오푸스가 날카롭게 파고들자, 작은 남자는 흠칫하며 몸을 굳혔다.

“잘 아는군. 나으리도 눈이 좋은 편인가?”

“아아, 눈에는 자신이 있지. 아니, 긴장할 필요는 없다. 파헤칠 생각은 없으니.”

“휴, 수명이 줄어드는 줄 알았네. 나으리가 풍기는 분위기가 무시무시해서 말이야. 여기를 통과할 자격은 충분해. 다만…….”

“다만? 뭐지?”

“예선용 의뢰는 분명 변변찮은 것만 남았을걸. 앞으로 며칠 안에 끝날 수 있을지 의심스럽지만, 나으리의 분투를 빌지.”

“배정도 네놈이 담당하는 것이 아니었나. 유감이로군.”

“그래, 나는 기껏해야 실격자들에게 함정 예선을 배정하는 정도지. 그건 이미 끝났으니 안심해도 좋아.”

그 함정 예선이 케나와 대전하는 것이었다는 사실을, 오푸스는 몰랐다.

만약 맞붙었다면 엄청난 대결전이 펼쳐졌을지도 모르지만.

작은 남자의 혜안에 감사할 따름이다.

“자. 이 카드를 줄 테니 모험가 길드로 가져가게. 아까 말했지, 예선 같은 테스트가 있다고. 그걸로 모험가 길드에서 나오는 전용 의뢰를 투기제 시작 이틀 전까지 처리하고, 길드에서 출전권이 되는 엠블럼을 받아와. 그걸 다시 여기에 내면 나으리의 예선은 끝이야.”

“이틀 전이라. 사흘 만에 어떻게든 할 수 있는 의뢰라면 좋겠다만…….”

“실질적으로, 투기제까지 닷새밖에 안 남았으니까. 힘내라고, 나으리. 건투를 빌지.”

애초에 투기제가 이만큼 임박하고 나서야 움직이는 오푸스가 상식을 깨는 것이다.

그것도 처음에는 케나 몰래 하려고 그런 거니, 자업자득이다.

“근데 주인님. 다른 한 명은 어떻게 하실 건가요.”

모험가 길드로 향하는 도중에, 사이렌이 어이없다는 듯 한숨 섞인 목소리로 물어왔다.

사이렌에게도 다른 한 명은 짐작 가는 바가 없으니, 당연한 질문이다.

“설마, 케나 님을 넣으려고 생각하시는 건 아니겠죠?”

“이봐, 나와 그 녀석이 모이면 이 지상에 이길 자가 아무도 없지 않으냐.”

두 사람이 모일 것도 없이, 오푸스 단독으로도 이미 승리는 약속된 것이다.

사이렌이 황당해하는 이유가 이거다.

오푸스가 일부러 사람들 눈에 띄는 짓을 하는 것은, 앞으로 있을 계획을 실행함에 앞서 플레이어에게 오푸스의 존재를 알리기 위함이다.

게임 시절의 유명인이라는 카테고리에, 〈크림치즈〉 길드 멤버는 거의 들어가 있었다.

그중에서 특히 이름과 얼굴이 알려져 있었던 것은, 오푸스와 부길마인 에베로페다.

오푸스는 전시 지휘관으로서, 방송에서 인터뷰에 응하는 일이 많았기 때문이다.

에베로페는 그 【걸어 다니는 부도덕】이라는 별명과 복장 때문에, 남성 플레이어에게 특히 절대적인 인기를 자랑했다.

케나는 길드 멤버보다는, 하이엘프 커뮤니티의 일원으로서.

은색 고리만 사용하지 않으면, 좀처럼 스킬 마스터로서 신상이 털리지는 않았다.

그중에는 집요하게 노리는 플레이어도 있기는 했지만. 그건 예외로 하고.

오푸스는 인간 광고탑으로서 자기 자신을 이용할 작정이다.

그러려면 좋든 싫든 많은 사람 눈에 띄고, 끝난 후에도 입에 오를 만한 장소가 필요하지만, 그런 것은 지금 시대에 귀하다.

다만 상정하고 있는 '많은 사람' 중 몇 퍼센트에는, 원한을 품고 격분해 자폭 공격을 시도하는 플레이어도 포함된다.

그건 뭐 어떻게든 다룬다고 치고, 문제는 다른 한 명의 인원일 것이다.

가장 빠른 길은 【서먼 매직】으로 부르는 것이다.

다만, 인간형이라는 것은 천차만별이라, 기이하게 생긴 자가 많은 탓에 관객에게 기피당하지 않을까 걱정이 된다.

"이건 최후의 수단을 쓸 수밖에 없겠군……."

이라고 말하며 품속에서 꺼낸 물건을 보고, 사이렌의 눈이 동그래졌다.

"안녕하세요, 모험가 길드에 오신 것을 환영합니다. 오늘은 무슨 일로 오셨나요? 아아, 네. 알겠습니다. 투기제 단체전 예선용 의뢰를 찾으시는 거군요? 그렇다면 이걸 보세요."

모험가 길드에 도착하여 접수처에서 용건을 말하자, 오푸스 앞에 의뢰 내용이 엎어진 종이 세 장이 놓였다.

이 중에서 하나를 고르라는 것이리라.

오푸스는 전혀 아무 생각 없이 가운데 의뢰서를 뒤집었다.

그것을 들여다본 직원의 눈이 크게 뜨인다.

" '사카이 상회의 큰주인에게서 직접 수령?' 뭐냐 이건?"

내용을 훑어본 오푸스도 의뢰서에 쓰인 글을 읽고 고개를 갸웃거린다.

진짜 이해하기 어려운 문장이다.

"네, 그건요. 헬슈펠의 사카이 상회 큰주인에게 맡긴 예선 통과 엠블럼을 받아오는 의뢰입니다."

미안해하는 직원의 시선을 보고, 오푸스는 더욱 이해할 수 없었다.

어째서 그런 감정으로 보는지 알 수 없기 때문이다.

직원의 속마음은 이렇다.

모처럼 유망해 보이는 파티가 참가할 수 있을 것 같은데, 마감까지 사흘밖에 남지 않는 바람에 헬슈펠까지 왕복할 수 없다.

게다가 사카이 상회의 큰주인과의 면회 등을 생각하면 최고 난이도다.

보통은 아는 사람의 소개장 등을 동봉해 면회 신청 서신을 내고, 운 좋게 접수됐다고 해도, 실제로 만날 수 있을 때까지는 한 달 넘게 걸리는 것이 상식이다.

하지만, 그 걱정은 아랑곳없이 오푸스는 "흠, 어떻게든 되겠지."라고 중얼거리며 길드를 나갔다.

그 뒤에는 어안이 벙벙해진 직원이 배웅할 뿐이었다.

"앞으로 사흘 만에 저 의뢰를 해낼 생각일까, 저 사람?"

"있잖아, 방금 그 마인족 사람, 도저히 파티를 짠 것 같지는 않았는데, 혹시 혼자일까?"

"그럴 리가 없잖아. 단체전은 세 명 이상부터라고, 접수처에서도 확인했을 거야."

"그, 그렇지! 대표로 온 거겠지? 왠지 뒤에 동반자로 여자 한 명만 있었던 건 기분 탓이지?"

"메이드는 동반자로 칠 수 있을까?"

"무슨 이상한 소리 하시는 거예요, 선배님?"

"모험가의 사정을 캐도 우리가 할 수 있는 일은 적으니까. 기껏해야 그분의 실력에 맞는, 생환율이 높은 일을 소개해 드리는 것뿐이고……. 가끔 있는 예외를 제외하면."

"아아, 케나 씨 같은 사람이네. 요즘 잘 안 보이는데 어떻게 된 걸까?"

"듣기론 아이를 거둬들여서 어딘가의 마을에 정착했다고 하던데."

"멋진 남편감이라도 찾은 걸까?"

"글쎄, 자, 일하자, 일."

"아, 죄송합니다. 안녕하세요, 모험가 길드에 오신 것을 환영합니다. 오늘은 무슨 일로……."

오푸스를 배웅한 길드 직원들은 제멋대로 대화를 나누었지만, 평소 업무를 계속하는 동안, 그 일을 머릿속 한구석으로 밀어내고 있었다.

"아. 왠지 묘하게 어깨가 뻐근한 느낌이 들어."

오푸스가 예선 접수를 마친 다음 날 아침.

케나는 하품하며 기지개를 쭉 켜고 어깨를 빙빙 돌리고 있었다.

"어머, 어머님. 침대가 불편했나요?"

"불편하고 자시고를 떠나서, 엄청나게 어색했다고 할까."

어쨌든 케나의 기억에 있는 가장 오래 함께한 침대란, 말하기는 좀 그렇지만 병원 침대다.

집에 있는 자기 침대도 단단함을 왠지 모르게 그쪽에 맞춰 조절한 까닭에, 남작가의 객실에 있는 푹신푹신한 침대에서는 익숙하지 않은 느낌에 잠을 설쳤다.

다시 한번 케나가 "흐아암." 하고 하품하자, 함께 있던 마이마이는 "어머머." 하고 미소 짓고 있었다.

언뜻 보면 늦잠 잔 딸을 배웅하는 어머니처럼 보이는 광경이지만, 실제 위치는 정반대다.

딸처럼 보이는 케나가 어머니고, 어머니처럼 보이는 마이마이가 딸이었다.

"재워줘서 고마워, 마이마이."

"뭘요. 투기제 동안 펠스케이로에 머무르실 때 우리 집에서 묵어 주시면 저도 기뻐요."

어제 예선 시험관 일을 마친 후 여관을 찾았지만, 늘 가던 여관도 숙박객으로 가득했다. 그래서 변경 마을로 돌아가려던 참에, 마이마이가 남작가로 초대한 것이다.

"근데 모험가 같은 사람을 재워줘도, 정말 괜찮아?"

모험가가 남작가에 드나들어도 괜찮은가 하는 것은, 언젠가 카타츠가 지적했던 것이다.

하지만 마이마이가 케나를 데리고 돌아가 당주인 로프스에게 묻자 "뭐? 나쁘게 생각하고 싶으면 나쁘게 생각하게 내버려두면 되지 않나. 우리 집은 신경 안 써."라는 것이었으므로, 카타츠의 우려는 보기 좋게 헛다리를 짚은 셈이었다.

게다가 마이마이가 "어머니를 집에 초대하는 게 뭐가 나빠!"라고 분개했기 때문에, 카타츠의 우려는 쓸데없는 것이 되었다.

이름 있는 모험가에게 저택 경비를 부탁하는 귀족도 있으니, 이제 와서 모험가가 귀족 저택에 드나드는 것에 사사건건 트집을 잡는 자는 없다는 것이 하베이 가문 집사의 말이다.

굳이 따지자면 왕족과 교류하고, 왕녀와 기사단과도 친한 케나가 더 유명인이라는 사실을, 정작 본인이 전혀 눈치채지 못하고 있었다.

마이마이가 예정에 없이 초대한 손님이긴 했지만, 하베이 가문의 집사나 사용인들은 흔쾌히 케나를 맞이해 식사와 목욕, 마사지까지 배려해 주었다.

아무래도 손님이라곤 카타츠와 스카르고, 그리고 로프스의 부모님이 가끔 오는 정도라 집사와 사용인들도 아쉬움을 느끼고 있었던 모양이다.

"오늘은 어떻게 하실 건가요, 어머님?"

"으음. 잠깐 수호자한테 얼굴 좀 비추고……."

케나는 대답을 하려다 대화 상대인 마이마이를 마주 본다.

"그러고 보니 마이마이는 괜찮아?"

"뭐가요?"

"학원에는 안 가도 돼?"

"아아, 어머님의 걱정은 알겠습니다. 그건 괜찮아요."

"그래?"

"네. 투기제 기간에 학원 문을 닫거든요. 안 그래도 귀족 집안의 자제가 많으니까요. 경호 문제상, 기사단도 손이 미치지 못하고요."

"기사단이 손이 미치지 못하다니, 이 나라 괜찮아?"

"굳이 말하자면 기사단의 핵심 전력이 매년 투기제에 나가니까요. 투기장 경비는 기사라도 희망하는 사람이 많다고 해요. 좌석을 둘러싸고 부상자도 나온다던가."

"어이어이……."

스카르고에게 들은 정보 이상으로 이상한 사태가, 기사단 안에서 일어나고 있는 듯했다.

다만 올해는 오푸스가 출전한다고 벼르고 있으니, 좌우지간 기사단이 활약하긴 어려울 것이다.

그것도 조합에 따라 다르겠지만, 오푸스의 성격을 생각하면 시작 1초 만에 격침해 마음을 꺾어버리지 않을까 걱정이다.

덧붙여, 케나가 어제 저지른 일은 포함되지 않는 것으로 한다.

"괜찮을까?"

"뭐가 말이냐?"

"그야 오푸스가 무자비하게 짓밟을 사람들이 걱정되니까……응?"

당돌하게 대화에 끼어든 귀에 익은 목소리 쪽으로 얼굴을 돌리자, 오푸스와 그 뒤에 서 있는 사이렌이 있었다.

어느샌가 거기에 나타나 있었다.

잇는 능력으로, 어디선가(아이템 박스에서) 눈앞에 나타난 것이리라.

이런 점은, 심술쟁이의 면모를 유감없이 보여준다.

그렇게 생각했을 때, 케나의 머릿속이 잠시 정지했다.

“어라? 지금……?”

“무슨 일이죠, 어머님? 저분에게 무슨 일이라도 당하셨나요?”

후다닥 다가온 마이마이가 등 뒤에서 꽉 껴안았다.

동시에 휙 잡아당겨서, 오푸스와 거리를 두게 한다.

수상한 사람에게서 딸을 지키는 부모 같은 대응이었다.

그 상태와는 상관없이, 케나의 머릿속에는 물음표가 난립하고 있었다.

그것은 왜, 아무런 의문 없이 오푸스의 행동을 예상할 수 있었는가, 이다.

첫 번째. 오푸스에게 물들고 있다.

가장 납득할 수 있는 이유다. 스스로는 별로 믿기지 않지만.

두 번째. 전에 오푸스에게 들은 적이 있어서, 그것을 직감으로 느낄 수 있었다.

하지만 그 직감은 【직감】 스킬에 의한 것이 아니므로, 그 신뢰의 근거가 불안해진다.

세 번째. 오푸스는 원래부터 그런 인간이라는 인식이 처음부터 있었다.

그 '처음' 의 기원이 어딘지가 문제다.

말 그대로 케나가 카가미 케이나였을 때부터의 확신 같은 기분이 들어서, 자기 자신을 이해할 수 없는 상태였다.

순식간에 케나라는 존재가 산산조각 나고, 어떤 요인에 의해 재조립되었다.

그것이 가장 딱 들어맞는 케나 자신의 설명이었다.

"머리가 복잡해……."

"어머님?!"

메스꺼움 같은 것에 이끌려 입을 막자, 마이마이가 부드럽게 등을 쓰다듬어 준다.

훈훈함이 가득한 그곳의 분위기에, 오푸스가 입을 다물고 삐죽였다.

그것은 케나의 메스꺼움이 가라앉을 때까지 계속되었다.

"응. 【정화】는 속이 안 좋을 때도 쓸 수 있네."

"마법 한 방으로 간단히 해결해 버리고는. 자신을 걱정해 준 딸에게, 미안하다고 생각하지 않는가?"

"응. 걱정시켜서 미안해, 마이마이."

신경 써준 오푸스의 발언이긴 하지만, 어머니의 지인이라고는 해도 낯선 마인족을 앞에 두고, 마이마이는 무릎이 후들거리는 것을 멈출 수 없었다.

"아아, 마이마이 소개해 줄게. 이쪽은 내 오랜 악우인 오푸스.

얼굴은 무섭고 성질머리는 고약하지만, 나쁜 녀석은 아니야."

"너한테 내 프로필을 쓰게 하면 지명수배서가 완성될 것 같군……."

사람을 소개하는데 심한 말밖에 나오지 않는 거냐고, 오푸스는 한숨을 쉰다.

"사람을 골탕 먹이는 데는 천재적이지만."

일단은 칭찬이다.

하지만 마이마이만이 그것을 듣고 눈을 빛냈다.

지금까지 두려워하던 모습이 착각인 것처럼 사람이 확 달라졌다.

빛나는 눈동자는 케나가 아닌 오푸스를 향하고 있었다.

"어머님."

"왜 그래, 마이마이?"

사랑에 빠진 소녀처럼 가슴 앞에서 손을 모으고, 열기를 띤 눈으로 오푸스를 응시하는 마이마이의 모습에, 케나는 불길한 예감이 들어 견딜 수 없었다.

"오라버니에게 들은 특징과 일치합니다. 혹시 이분이 우리 남매의 아버님이신가요?"

"풉?!"

『아.』

"아?"

"아아."

"아."

다양한 대답이 있었다.

처음에 뽑은 것은 케나. 스카르고에게 말했던 아버지상은 오푸스의 이미지를 빌렸기 때문에, 거기서 마이마이가 판단한 것이리라. 하지만 오푸스가 남편이라니 농담이라도 오한이 느껴지는 혐오감이 생겨서, 저런 반응이다.

두 번째 '아'는, 이런 사태를 예상하고는 있었지만, 케나의 발언을 막지 못했기 때문에 후회에 이른 키의 발언이다.

세 번째 '아?'는, 케나가 가상의 누군가를 설명할 때, 이전에도 오푸스의 이미지를 바탕으로 말한 전과가 있었기에, '작작 좀 해라.'라는 의미가 담긴 '아?'다.

자기가 한 말을 싹 잊어버리는 케나가 잘못했다.

네 번째 '아아.'는 불똥이 자신에게 튀지 않은 것을 안도한 사이렌의 발언이다.

다섯 번째 '아'는 왠지 잘 모르겠지만, 흐름에 편승해서 일단 해보자는 쿠의 발언이다.

뭔가의 놀이라고 착각한 걸지도 모른다.

"아니, 아니야! 아니라고, 마이마이!"

"그런가요? 하지만 오라버니가 어머님께 들었다고, 그렇게 말했는데요."

케나의 머릿속에서 '망했다'는 글자가 날아다니고 있었다.

스카르고에게, 적당히 오푸스를 바탕으로 아버지상을 이야기한 기억이 있다.

설마 그때와 완전히 똑같은 말을 해서, 이런 사태가 될 줄은 전혀 예상도 못한 것이다.

뭐, 앞뒤 생각 없이 입에서 툭 튀어나온 말을 후회해도 어쩔 수 없지만, 묘한 방향으로 결론을 내놓은 마이마이에 대해 어떻게 변명해야 할까?

"잘 들어, 마이마이. 이런 녀석을 남편으로 삼았다가는, 오늘 밤에도 너희는 실험 재료로 수술대 위에 있을 거야!"

"어어어?!"

오푸스를 삿대질하며 마이마이에게 다가가자, 눈을 껌뻑이며 놀랐다.

"야, 인마."

그 뒤에서 억울하게 누명을 쓴 본인이 불만스러워하고 있다.

"케나 님, 그 비유는 너무…… 풉."

사이렌도 항의하지만, 말은 이어지지 않았다.

자세히 보니 숨을 토하며 어깨를 떨고 있다. 웃음보가 터진 모양이다.

사이렌에게도 비웃음을 사는 오푸스의 표정이 더욱 무(無)에 가까워진다.

"케나여. 온후한 나라도 끝내는 화낼 거다."

"아, 미안."

얼어붙은 목소리로 쏘아붙이자, 역시나 말이 심했다고 케나도 사과했다.

그렇다고는 해도, 문제 해결에는 전혀 이르지 못하고 있다.

양자들의 아버지는 게임 시스템 그 자체이므로, 지금은 케나 자체가 부모가 될 것이다.

그 시스템의 창조주는 근본을 따지면 오푸스이므로, 아버지라고 말하지 못할 것도 없다.

케나 같은 스킬 마스터를 신화 시대의 사도이니 뭐니로 착각하고 있는 마이마이라면, 간단히 믿을지도 모른다.

선불리 부캐나 양자의 목적 등, 여러 사정이 포함된 설명을 하는 것은 너무 위험하지만.

"어머님?"

"미안해, 마이마이. 오푸스는 절대로 너희 아버지가 아니야. 그것만은 믿어줘. 이유는 말할 수 없지만."

"어머님……."

의기소침해진 마이마이와 고개를 숙인 케나를 보던 오푸스가 "이런이런." 하고 중얼거리며 앞으로 나선다.

오푸스가 여기에 온 목적을 달성하기 위해, 두 사람을 늘어지게 둘 수는 없기 때문이다.

되도록 기분 좋게 의뢰를 수행하고 싶기에, 어느 정도 오푸스가 양보하기로 했다.

"케나의 딸이라는 자여. 너희 아버지라는 자는 나의 혈연이었다."

“어?!”

“오푸스?!”

마이마이는 그렇다 쳐도, 케나의 놀라움은 ‘갑자기 무슨 소리 하는 거야?’ 라는 당혹감이 다분히 포함되어 있었다.

급조한 이야기라고는 하지만, 시스템을 혈연에 비유하는 것은 틀리지 않았다.

과거형으로서 이제는 없다고 했지만, ‘어디의 누구인지 모른다’ 보다는 ‘확실히 있었다’ 고 듣는 편이 희망적일 수 있다고 생각하며, 오푸스는 말했다.

다만 종족에 관해서는 얼버무렸다.

오푸스가 케나의 설정을 그토록 자세히 알 리가 없으니까.

나머지는 마이마이 등이 멋대로 보완할 거라고 생각하면서.

“그런가요. 그렇다면 오푸스 님은 우리 외숙부님이군요?”

“외숙부…….”

결국, 케나는 오푸스가 친척 취급을 받는 것을 마지못해 승인할 수밖에 없었다. 몹시 싫은 표정으로.

『원래부터, 저처럼 권속 같은 것. 가까이 있어도 문제없겠죠.』

키의 위로도 그다지 효과가 있다고는 할 수 없다.

“충격이 가실 때까지는, 익숙해지지 않을지도…….”

애초에 동거하는 듯한 사이인데 신경 쓸 것은 없지 않나 싶지만, 케나의 가치관에 따르면 친척과 악우 사이에는 엄청난 차이가 있는 모양이다.

침울한 기색인 케나는 아랑곳하지 않고, 오푸스와 마이마이는 화기애애하게 담소하고 있다.

"외숙부님은 아버님에 대해 잘 아시나요?"

"그 녀석은 나를 능가하는 장난꾸러기였으니 말이다. 심술궂음에서는 지지 않았지."

"어머! 그런 분이셨군요. 이건 오라버니나 카타츠에게도 알려줘야겠어요."

"……. 조금 섣불렀을지도 모르겠군……."

"네? 방금, 뭐라고 하셨죠?"

"아니, 아무것도 아니다. 아무것도 아니야."

"오라버니와 동생과 정보를 공유하고 싶으니, 다음에 아버님에 대해 자세히 알려주시면 기쁘겠습니다, 외숙부님."

"음. 뭐, 조만간."

(있잖아, 오푸스는 자기 목을 자기가 조르고 있지 않아?)

『이번에는 반대로, 가공의 동생 설정을, 생각해야 하겠군요.』

오해를 풀어준 것 고맙지만, 마이마이에게 추궁당해 존재하지 않는 동생 일로 쩔쩔매는 오푸스였다.

마이마이도 단순히 궁금한 거니까, 악의는 없다.

나중에 그쪽 설정을 만들 필요가 있을지도 모른다며, 케나는 머리를 감쌌다.

집요하게 가상의 아버지에 대해 물어보려고 하는 마이마이를 어떻게든 떨쳐내고, 오푸스는 이번에야말로 케나를 마주 본다.

“그래, 케나에게 부탁할 일이 있었지.”

“나한테 부탁할 일? 오푸스가? 이번에는 또 무슨 꿍꿍이야?”

매번, 어떤 일의 한패가 되어 거들었던 몸으로서는, 오푸스의 말을 그런 것으로 인식한다.

“아니, 이번에는 순수하게 부탁하고 싶은 것이 있다.”

“꿍꿍이가 아닌 부탁이라는 게 뭐야? 드문 일이네.”

“드문가? 제법 부탁하고 있을 텐데.”

“음. 어어?”

“옆에서 실례합니다, 케나 님. 부탁이라는 것은 소개장을 써 주셨으면 하는 것입니다.”

나란히 고개를 갸웃거리는 주인을 보고, 이야기가 진행되지 않는다고 판단한 사이렌이 끼어들었다.

“소개장? 누구 앞으로?”

자신이 누구에게 써줄 소개장이 있을지 생각해 본다.

머릿속에 떠오르는 것은 오우타로퀘스의 여왕 사하라셰드의 얼굴과 펠스케이로의 왕녀 마이리네의 얼굴.

기사단장 샤이닝세이버, 교회의 대사제 스카르고.

헬슈펠의 기사단 고문 케이리나, 사카이 상회의 케이릭 정도지만, 다들 권력자밖에 없어서 점점 무서워진다.

“사카이 상회다.”

““케이릭에게?!””

생각지도 못했던 이름에, 마이마이와 함께 입을 모아 놀란다.

오푸스가 상인에게 도움을 받을 만한 일은 없다고, 생각했기 때문이다.

"아닙니다. 주인님께서 이제 와서 상인과 연줄을 만들 일은 없습니다."

케나의 생각을 사이렌이 긍정한다.

"어제 말했던 예선의 통과 조건을 얻기 위해, 사카이 상회에 가야만 한다."

"아아, 역시 출전하는구나."

"네? 외숙부님께서 투기제에 나가신다고요?"

케나는 질색하면서도 납득했지만, 마이마이는 눈을 동그랗게 뜨고 있었다.

"어머님, 외숙부님께서도 혹시?"

"그래, 나랑 같은 스킬 마스터."

"이 도시, 멸망하거나 하지는 않겠죠?"

"그렇게 되기 전에 내가 오푸스를 날려버릴 테니 안심해."

부모 자식이 나란히 의심하는 점이 너무했다.

"어이, 케나. 비밀 이야기라면 내가 없는 곳에서 해라. 그리고 조금만 더 나를 친절하게 대하지 않겠나?"

"뭐, 나도 남 말을 할 처지는 아닌 거 알지만. 오푸스는 전과가 많으니까."

매번 그렇듯, 오푸스가 저지른 일은 설명하길 포기했다. 불평해도 헛수고라는 것은, 그만큼 잘 이해한다는 뜻이다.

그렇지 않아도 뭔가 이유를 붙여서 날려버릴 것 같은 기분이 드는 오푸스다.

“소개장이라는 건 이전에 마이마이가 케이릭에게 전해달라고 맡겼던 편지 같은 거지?”

“네, 그렇죠, 어머님.”

“그때, 그 편지에 마이마이는 대체 뭘 썼던 거야?”

이제 와서 왜 그러나 싶으면서도 마이마이는 순순히 대답한다.

“그거야 뭐, 이 편지를 가져온 사람은 당신의 할머니다. 라는 정도일까요.”

“소개장은 그런 문구로도 괜찮구나.”

“아니, 그건 너희 가족끼리나 통하는 거니까.”

“보통은 뭐, 편지를 가져온 자의 신분을 제 이름으로 보증한다든가, 이 사람은 이러이러한 공적을 세웠으니 당신에게 이익이 될 겁니다, 같은 느낌일까요.”

“흐음.”

“아시겠어요, 어머님?”

“알기는 알겠는데, 나는 아무리 생각해도 오푸스가 무해한 마인족이라고 설명할 문장이 떠오르지 않아.”

사이렌과 마이마이의 입가가 동시에 떨렸다.

사이렌은 대놓고 웃다가 오푸스에게 눈총을 샀지만, 마이마이는 끈기 있게 웃음을 참는다.

“데려가 버리면 되잖아?”

그때까지 케나의 어깨 위에서 모두를 바라보며 다리를 흔들고 있던 쿠에게서, 지극히 타당한 의견이 나왔다.

그것을 들은 케나는 손뼉을 탁 쳤다.

"그러네. 내가 같이 가면, 케이릭에게 직행이야."

"어? 지금 가실 건가요?"

오푸스도 기다릴 시간이 별로 없다고 하니, 즉시 헬슈펠로【전이】하기로 했다.

오푸스가 그 자리를 격리하고, 주위 시선으로부터 일행을 분리한다.

그리고 케나가 파티 화면을 잘 확인하지 않고 오푸스가 가입했다는 전제로【전이】를 발동시킨 결과, 마이마이까지 함께 헬슈펠 땅으로 이동하게 되었다.

"아……."

"아."

"야!"

"어라?"

"어어어어!"

헬슈펠의 동문에서 조금 떨어진 곳에 나타난 다섯 사람.

망연자실한 채【전이】로 옮겨진 마이마이만이 엉뚱한 비명을 지른다.

"어? 어라? 마이마이 들어와 있었어? 진짜?!"

자신의 스테이터스 화면을 후다닥 띄우고, 파티에 마이마이가 있는 것을 확인한 케나의 눈이 동그래진다.

"아, 미안해. 마이마이. 멋대로 파티에 넣었어."

"그 자리에 있던 자들을 한데 묶었기 때문일 테지. 잘 확인했더라면 이런 실수를 막을 수 있었을 것이다."

"으으, 면목이 없습니다. 미안해, 마이마이."

"아, 아니에요. 딱히 어머님께서 사과하실 일도 아니고요."

반성하며 고개를 숙이는 케나에게, 마이마이는 고개를 저으며 괜찮다고 어필했다.

"게다가, 펠스케이로로 잘 돌려보내 주실 거죠?"

"응. 그건 물론이지. 내 목숨을 걸고서라도."

"목숨은 걸지 말아 주세요. 남겨지는 저희가 싫어요."

"아, 응. 미안해."

마음을 가다듬고 헬슈펠로 들어간다.

여행 복장이고 뭐고 없고, 짐도 없어서, 문을 지키는 병사가 심히 의심했다. 이웃 나라 사람이긴 하지만, 마이마이가 귀족이라는 것을 알자, 간단히 일행을 통과시켜 주었다.

사카이 상회에 도착할 때까지, 마이마이가 가는 길에 주위를 유난히 신경 쓰고 있던 것이 인상에 남는다.

"아, 저 상점은 무척 커졌네……."

"아아, 이 나무. 그때는 나보다 조금 큰 정도였는데……."

"아, 저기 있던 건물이 없어지고, 녹지 공원이 됐군요……."

이런 식으로 시내 풍경을 과거와 겹쳐보며, 기뻐했다가 침울해졌다가 하며 바쁘다.

사카이 상회 앞에서도 가게 모습에 감동하고 있었다. 마이마이가 알던 시절의 가게는 더 작거나 했던 것이리라. 살짝 궁금해진 케나는 그때 이야기도 들어보고 싶다고 생각했다.

몇 번인가 방문하는 동안 케나의 얼굴을 기억해 준 사람도 있어서, 젊은 주인인 이즈쿠를 만나는 것은 순조로웠다.

“증조모님! 오랜만입니다. 오늘은 무슨……. 할머님?!”

이즈쿠는 마이마이의 얼굴을 보자마자 놀라서 굳어버렸다.

다음 순간에는 발길을 돌려 가게 안쪽으로 뛰어갔다.

“마이마이…….”

“왜요, 어머님?”

“이즈쿠가 놀라는 모습이 심상치 않았는데, 만난 적은 있는 거지?”

“네, 요만할 때요.”

집게손가락과 엄지손가락으로 보여주는 크기는 도저히 사람에게 표현할 느낌이 아니다.

조용히 있으려고 무관심을 가장하던 오푸스도, “태아 크기로는 만난 적이 있다고는 안 하지.”라고 딴지를 거는 판국이다.

케나가 입을 열려던 참에, 가게 안쪽에서 두두두두두 하는 소리가 나더니, 필사적인 표정인 케이릭이 뛰쳐나온다.

“어머님!”

높이뛰기 선수처럼 아름다운 발돋움에서 몸을 비틀어, 공중에서 나선처럼 회전한다.

헐렁한 옷도 약동감에 색을 더하는 장식처럼.

양손 양발을 아름답게 모아, 멋진 착지 태세는 큰절 자세.

"오랜만입니다!!"

"그래, 케이릭. 오랜만이야."

무슨 묘한 앙금이라도 있는 것이 아닌가 하고 그 동향을 살피고 있던 케나 일행은, 웃는 얼굴로 손을 흔들며 긴장감 없이 말하는 마이마이의 행동에 나란히 머리를 감쌌다.

머리 위에 점을 남기고 잠자리나 병아리가 지나간 것은, 평범한 이펙트다.

"사이가 안 좋거나, 아니면 그에 얽힌 성대한 사죄라도 있는 줄 알았잖아!"

"죄, 죄죄, 죄송합니다! 어머님."

"죄송합니다, 조모님."

묘하게 맥이 빠져 뾰로통하게 화내는 케나에게, 이번에는 마이마이가 고개를 숙였다.

케이릭은 머리에서 굵은 땀방울을 흘리며, 손수건을 한 손에 들고 꾸벅꾸벅 고개를 숙인다.

두 사람 다 【이심전심】이 있으니, 만나지 않아도 대화하는 것은 가능했을 텐데, 하고 뒤늦게 떠올린다.

분명 헬슈펠에 도착했을 때부터, 촌극이라도 벌여 케나를 놀라게 하려고 획책했을 것이다.

일행 다섯 명이 안내받은 곳은 다다미 20장 넓이의, 넓은 방이었다.

왠지 중앙에 테이블만 덩그러니 있는.

오푸스는 이마를 짚으며, "틀림없이 케나의 계보로군."이라며 황당해했다.

사이렌이 어디선가 꺼낸 다기로, 일행 모두에게 차를 돌린다.

쿠는 넓이에 감동하여, 방 안을 종횡무진 날아다니고 있었다.

한차례 사죄가 끝나자, 케나가 오푸스를 소개하고, 마이마이가 외숙부라는 보충 설명을 넣는다.

"이, 이것 참, 외종조부님. 뵙게 되어 영광입니다. 케이릭 사카이라고 합니다. 앞으로도 잘 부탁드립니다."

"오푸스로 족하다. 게다가 나는 케나의 곁다리 같은 관계이므로, 이름으로 불러도 전혀 상관없다."

"곁다리려나?"

"뱀다리~."

오푸스의 말투에 고개를 갸웃거리는 케나에게, 쿠는 비슷하면서도 다른 걸로 바꾼다.

이 세계의 뱀에 다리가 있는지는 아직 아무도 모른다.

"황송해서 차마 그럴 수는."이라는 케이릭에게 날카로운 눈빛을 보내, 오푸스는 억지로 호칭을 고치게 했다.

"아, 알겠습니다. 앞으로는 오푸스 님이라고 부르죠."

"음, 그걸로 좋다."

누가 더 높은 건지 잘 알 수 없는 대화였다고, 나중에 사이렌이 중얼거렸다.

"그런데 오늘은 이 인원으로, 어머님까지 데리고 무슨 일이신가요, 조모님?"

미형 엘프(하이엘프 포함) 중에서 가장 어려 보이는 케나가 할머니로 불리면 어색한 느낌이 들고, 낯간지럽기도 하다.

그런 감상을 어떻게든 삼키고, 케나는 오푸스를 재촉했다.

"뭔가 오푸스가 사카이 상회에서 조달하고 싶은 게 있대."

"오호라! 저희가 준비할 수 있는 것이라면 좋겠습니다만. 외종조부님, 아니 오푸스 님의 의뢰하신 물건은, 제 이름을 걸고서 조달해 보이겠습니다!"

"아니, 무슨 봉래의 구슬을 가져오라는 식의 이야기도 아니다. 평범하게 투기제 예선 통과 엠블럼이 필요할 뿐이다."

"아아, 이걸 말씀하시는 거군요."

지극히 간단하게 품속에서 꺼낸 오각형 휘장을 테이블 위에 놓는다.

"진짜 엄청 순순히 내놓네."

"조모님이라면 저를 간단히 만날 수 있지만, 일반 모험가라면 면회하는 데만 한 달 정도 걸리니까요. 뭐, 지금은 한가해서, 기다리게 한다면 20일 정도일까요."

"한가한데도 그렇게 오래 걸려?"

"대회 관계자로부터는, 아슬아슬할 때까지 미뤘다가 달라고 부탁받았습니다만 괜찮으신가요? 접수 마감은 내일 정도였다고 기억합니다만."

"문제없을 것이다. 받겠다."

"부디 투기제에 건투하시길 빌겠습니다."

"그래, 수고해라."

휘장을 움켜쥔 오푸스는 【전이】를 사용해, 사이렌과 함께 그 자리에서 모습을 감춘다.

그 휘몰아치는 마력의 잔재를 지켜본 케이릭은, 입이 쩍 벌어져 오늘 제일로 우스꽝스러운 모습을 드러내고 있었다.

흰자위와 넓어진 눈과 쩍 벌어진 입이, 삐걱삐걱 소리를 내며 케나 쪽을 향한다.

표정은 잘 알 수 없지만, 그에 응답한 것은 마이마이였다.

"외숙부님은 스킬 마스터시래. 어머님과 같아."

케나가 이어서 고개를 끄덕이자, 케이릭은 뒤로 벌러덩 나자빠졌다.

"눈이 뒤집혔어."

쿠가 날아 내려와 케이릭의 뺨을 콕콕 찔렀다.

"조금 있으면 원래대로 돌아올 거야."라는 마이마이의 말은 서로를 잘 알아서 그런 건지, 아니면 차가운 건지.

그 말대로, 케이릭은 5분쯤 지나 제정신을 차렸다.

"헉! 외종조부님께서! 할머님, 스킬 마스터라는 것은?"

"전에 케이릭한테 물어본 적 있잖아. 수호자의 탑인 초승달의 성에 대해서. 그 스킬 마스터가, 아까 그 오푸스야. 지독한 함정밭이라, 성에 발을 들였다가는 죽을 수밖에 없지만."

깨어나자마자 질문이 날아올 줄은 몰랐지만, 대답을 준비하고 있던 케나는 흘릴 수 있는 정보를 이야기해 둔다.

자신의 혈연(?)이라면, 스킬 마스터의 존재나 수호자의 탑 자체는 딱히 숨길 필요도 없다.

인성을 봐도 신용할 수 있고, 밖에 누설할 일도 없을 것이다.

반대로 위험한 장소라고 생각하게 하면, 성에 집적대는 자도 줄어들 것으로 계산했다.

참고로 저 성은, 케나조차도 쉽게 다가가지 않는다.

담력 시험 삼아 귀신의 집에 발을 들이는 요령으로, 한번 몇 명의 초월자 동료들과 돌격한 적이 있기 때문이다.

결과는 참패. 전원이 죽어서 복귀했다는 트라우마 사안이다.

이 결과만 보면, 얼마나 위험한 장소인지 알 수 있을 것이다.

당시 멤버는 만장일치로 "저 녀석은 절대로 스킬을 누구한테 양도할 생각 없는 거야."라는 말을 남기고 있다.

그 사례와 안에서 당했던 함정에 대해 해설하자, 마이마이도 케이릭도 파랗게 질려 벌벌 떨고 있었다. 당연한 일이다.

"그러고 보니, 외종조부님, 아니 오푸스 님은 투기제에 나가시는 거죠?"

"응, 나가는 것 같아."

"조모님은 안 나가십니까?"

"맞붙었다간 펠스케이로가 지도에서 사라지게 될 거야!"

"케이릭, 무서운 소리 하지 마!"

마이마이가 비명을 지르듯 항의했다.

최강 결정전 같은 건 아무도 바라지 않고, 케나도 할 생각이 없다.

강함에 집착하는 플레이어는 종종 있지만, 정점에 올라도 나중에 계속해서 도전자가 튀어나와 귀찮을 뿐이라는 것을, 왜 모르는 걸까.

케나가 생각하는 강함에 대한 집착은 그 정도다.

강한 것은 좋지만, 순위를 정하는 싸움에는 전혀 흥미가 없다.

"보통은 대장간 등에서 출전자에게 검을 주고, 승자의 부가가치로 선전합니다만."

"그 정도의 무기 따위, 오푸스의 완력으로 휘둘렀다가는 뚝뚝 부러질걸."

희귀 무기보다, 오푸스의 스킬 마스터 전용 장비가 최대의 일격을 날릴 수 있는 특수 무기일 것이다.

전쟁 시에 한 번만 사용해서, 시야에 들어온 적과 아군이 전부 날아갔지만.

나중에 참가자 모두가 클레임을 걸어서 두 번 다시 전쟁에서 사용할 수 없게 되었다고 하는, 비극의 무기다.

케나는 잠시 마이마이 모자의 담소에 어울려 주었지만, 차를 두 잔째 비우고 나서 천천히 일어났다.

찻잔은 사이렌이 두고 갔으므로, 케나가 회수해서 나중에 돌려주기로 했다.

사이렌이 없어진 후, 홍차를 끓인 것은 마이마이다.

"자, 다음은 수호자의 탑에 준비하러 가야지."

"수호자의 탑이라면, 저는 여기서 기다리고 있겠습니다, 어머님. 나중에 데리러 와 주세요."

"아니, 딱히 두고 가지 않아. 마이마이도 같이 가자. 그러면 다시 이쪽으로 돌아올 일도 없어지니까."

"어어어어?!"

"어?!"

눈을 깜빡이며 놀란 것은 마이마이고, 부러워하는 것이 케이릭이다.

"왜, 케이릭도 가고 싶어?"

"벼, 별다른 지장이 없다면, 후학을 위해서라도 부디."

이 기회를 놓치고 싶지 않다는 듯이, 케나가 고개를 저으면 큰절이라도 할 기세다. 특히 얼굴이 필사적이었다.

"어, 어떡할까?"

애매한 태도를 보이자, 이번에는 마이마이가 애원했다.

"어머님, 민폐인 것은 잘 알아요. 이 아이의 행동은 제가 전적으로 책임질 테니, 부디 케이릭도 데려가 주시지 않겠어요?"

"무슨! 어머님께서 책임지실 필요는 없습니다. 저도 이미 독립한 몸. 제 책임은 제가 집니다!"

"여기는 어머니인 제가!" "아니, 제가!" 하고 말다툼이 될 뻔한 모자 사이에, 케나가 끼어든다.

"자자. 말다툼하지 마. 책임질 필요도 없으니까."

"괘, 괜찮으신 건가요, 할머님? 초월적인 지혜의 보물이 잔뜩 있는 게……."

"어디서 그런 게 튀어나왔는지는 모르겠지만, 기본적으로 수호자가 있는 걸 빼면 아무것도 없어. 관광 명소로 삼기에는 너무 조용하고."

그래도 두 사람은 눈을 빛내며 "꼭 좀 부탁합니다." 하고 케나에게 다가왔다.

"하나도 재미없을 텐데."

중얼거리면서, 파티 구성 화면에서 케이릭을 가입시킨다.

케이릭은 일시적으로 이곳을 떠나기 때문에, 유괴 소동이 일어나지 않게끔 이즈쿠에게 말을 전했다고 한다.

그 이즈쿠도 "배웅 정도는 하고 싶다." 며 마루가 깔린 복도에서 이쪽을 주시하고 있었다.

케나 일행이 있는 장소는, 안뜰의 중심이 되는 장소다.

연못이 있거나 일본식 정원 같은 것이 만들어져 있거나 해서, 어쨌든 넓다.

반지를 교환하고 "자, 그럼 가볼까." 하고 기합을 넣는다.

키워드를 외울 뿐이니 기합은 필요 없지만, 아이들에게 꼴사나운 모습을 보이지 않기 위한 마음의 준비다.

쿠를 어깨에 앉히고, 파티 멤버인 마이마이와 케이릭을 확인.

심호흡한 뒤에 반지를 낀 한 손을 들어 올린다.

【난세를 수호하는 자여! 타락한 세계를 혼돈에서 구하라!】

빛과 함께 부풀어 오른 원형의 격자가 케나 일행을 순식간에 둘러싼다.

환영의 나무가 가지와 잎을 뻗어 내부 가득히 퍼짐과 동시에, 그 자리에서 격자도 케나 일행도 모습을 감추었다.

남겨진 이즈쿠는 케나 일행이 사라진 장소를 부러워하는 눈치로 언제까지고 보고 있었다.

바깥의 이펙트 표시는 수호자의 탑으로 전송될 때 남는 잔상 같은 것이므로, 날아가는 당사자들이 봤을 때는 순식간에 경치가 바뀐다.

케나 일행은 선으로 녹색 격자로 표시된 반원 돔의 세계에 내려섰다.

No.9의 수호자의 탑, 투기장이다.

""여, 여기가 수호자의 탑 안?!""

모자는 나란히 돔 천장에 비친 하늘에 놀라고, 솜인형 같은 태양을 보고 눈을 동그랗게 뜨고, 신기한 질감의 바닥을 만져보며 감탄하는 소리를 냈다.

"거봐, 아무것도 없지?"

"아닙니다, 어머님! 이 광경을 볼 수 있었던 것만으로도 저는 감격입니다!"

"어?"

"저도입니다! 이곳이 신화 시대부터 현존하는 신비의 중심……. 다른 사람에게는 말하지 않겠지만 누구보다도 우월감에 빠질 수 있다는 것입니다!"

"그, 그렇구나……."

마이마이는 자신의 몸을 껴안고 황홀해하고 있고, 케이릭에 이르러서는 폭포수 같은 눈물을 흘리면서 바닥에 뺨을 비비고 있다.

학원장이나 사카이 상회의 큰주인으로서, 그래도 되는 걸까?

『이건, 손님입니까, 마스터?』

돔 중앙에 심어진 단풍나무 화분에서, 연기 수호자가 인간 형태를 갖추고 일어선다.

가슴에 손을 얹고 공손하게 고개를 숙였다.

마이마이와 케이릭은 몹시 놀라, 케나 뒤로 돌아가 그늘에 숨어버렸다.

그 몸은 케나보다 커서, 인형 같다고는 할 수 없다.

"뭐, 뭡니까, 이건?"

"몬스터? 그러기엔 기척이……."

"잠깐, 왜 그래, 둘 다?"

눈을 가늘게 뜨고 세부까지 샅샅이 관찰하고 있다.

『왠지, 놀라게 해버린 것 같군요. 어떡할까요, 마스터?』

"어떡하긴 뭘 어떡해."

이 두 사람으로는 연기 수호자를 어떻게 할 수 있을 리가 없다.

묘한 태도를 보이는 두 사람은 신경 쓰지 않고, 케나는 자신의 용무를 해결하기로 했다.

먼저 아이템 박스에서 꺼낸 【쌍둥이 눈】을 수호자에게 건넨다.

『네. 이 아이템을, 어떡하실 겁니까?』

"조금 있으면 여기 투기장에서 시합 형식의 축제가 열릴 거야. 여기서 볼 수 있지?"

『네. 문제없습니다.』

수호자가 그렇게 말하자마자, 공중에 10장 정도의 패널 창이 열리고, 현재 투기장 곳곳의 영상이 뜬다.

"꺅?!"

마이마이 일행은 아무것도 없는 공중, 얼굴 옆 같은 곳에서 뜬 패널을 보고 놀라고 있었다.

패널에는 관객석을 청소하는 자, 통로를 장식하는 자, 안내판을 설치하는 자, 로프나 판자로 통로를 구분하는 자, 상자를 안고 뛰어다니는 자 등이 보이고 있었다.

모두 바쁘게, 개최가 며칠 앞으로 다가온 투기제를 위해 일하고 있다.

"투기제 광경을 【쌍둥이 눈】으로 마을에 중계하고 싶어. 부탁할 수 있을까?"

『알겠습니다. 현장감 넘치는 영상을 보내드리겠습니다.』

"응, 부탁해."

연기 수호자는 당장이라도 하려는 듯이, 투기장을 드론으로 찍은 듯한 위에서의 부감도를 【쌍둥이 눈】에 비추기 시작했다.

프로젝터 쪽에서는 새로운 채널이 뜨면, 설치된 수신기의 【쌍둥이 눈】이 깜빡이기 시작할 테니까, 록시느나 록시리우스가 채널을 바꿀 것이다. 아마도.

이것으로 케나가 생각했던, 마을에 텔레비전 같은 것을 설치한다는 기획이 대략 끝나서 안도의 한숨을 쉰다.

"어머님!"

"앗, 깜짝이야! 갑자기 왜 그래, 마이마이?"

케나가 돌아보자, 굳은 얼굴의 마이마이가 몹시 진지한 눈을 케나에게 향하고 있었다.

케이릭은 자기 어머니의 기세에 놀란 듯 어안이 벙벙한 기색이다.

"혹시, 펠스케이로의 투기장은 수호자의 탑인가요?"

"그렇긴 한데."

"이럴 수가! 그것을 흙발로 짓밟고 사용하고 있었다니! 천벌을 받아도 이상하지 않아요!"

잘은 모르겠지만, 투기장이 수호자의 탑이라는 사실에 분개한 모양이다.

그 뒤로 신의 사랑이 어쩌니 이야기하기 시작한 것은 스카르고의 영향일까.

이 세계 사람들의 신앙심은, 케나로서는 이해하기 힘든 점이 많다.

스킬만 있으면 신의 설정을 몰라도 【신성 마법】을 쓸 수 있기 때문이다.

하지만 신전에 드나드는 사람들의 경건함을 보면, 마이마이 같은 마법사라도 경의를 표하는 것은 이해할 수 있다.

"이렇게 된 이상 왕께 진언하여, 이 투기장에도 제단을……."

"자, 스톱!"

수상한 말을 하기 시작한 마이마이의 입을 막는다.

"애초에 제단을 만들 거면, 강에 똑같은 게 있잖아."

"으음……. 예전에 들었던 수신님 말씀이신가요. 분명 그것도……."

라고, 말하려던 참에 움직임이 멈춘다.

"혹시 수호자의 탑이 왕도에 두 개나 있다는, 말씀인가요!"

"그렇긴 한데. 나는 마이마이가 뭘 그렇게 당황하는지 잘 모르겠어."

"제멋대로 드나드는 자가 늘어나면, 보물을 도굴하는 자가 있을지도 몰라요. 이게 당황할 일이 아닐 수 있나요?!"

"이 공간에 보물이 있는 것처럼 보여?"

"안 보이네요……."

있다고 한다면 수호자의 본체인 단풍나무 화분뿐이다.

이건 스킬 마스터도 움직일 수 없다.

『여기에 들어오려면, 스킬 마스터 본인과 그 반지, 두 가지가 필수입니다. 아니면 당신들처럼 마스터의 동행인 자. 그 외에는 수호자인 저희가 인정하지 않습니다.』

연기 수호자가 딱 잘라 말하자, 마이마이는 힘없이 고개를 숙이더니 "죄송합니다."라고 머리를 숙였다.

"화난 건 아니야, 마이마이. 갑자기 왜 그래?"

"아뇨, 그냥 좀 오해했을 뿐이에요."

"오해? 어디에 오해할 요소가 있었을까?"

"저는 그저, 신화 시대에서 이어진 신비를, 사람들 눈에 너무 띄게 해서는 안 된다고 생각한 거랍니다."

그 말을 들은 케나는 표정이 씁쓸해진다.

걱정해서 진언해 준 것은 좋지만, 스킬 마스터가 수호자의 탑을 원했던 경위를 생각하면, 그 신비성이 사라질 수밖에 없기 때문이다.

원래는 스킬을 달라고 조르는 플레이어를 피하기 위한 것이었다.

그건 신비니 보물이니 하는 것과 관계없다.

번거로움을 줄이기 위한 시설인 셈이다.

동경하는 마이마이에게는 미안하지만, 진실은 그런 것이다.

"사실은 특별히 신비로 가득한 장소도 아니야. 동경하지 말라곤 안 하지만, 적당히 해주면 좋겠어."

"네……."

시무룩해진 딸의 머리를 쓰다듬어 최소한의 보상을 준다.

그동안 케이릭은 모녀의 다툼보다, 수호자 사이를 여기저기 관찰하고 돌아다니고 있었다.

리아데일의 대지에서

WORLD OF LEADALE

제4장 투기제와 예상 밖과 예정 밖과 얻은 것

케이릭을 헬슈펠로 돌려보내고 신전을 거쳐 마이마이와 함께 돌아온 케나는 프로젝터가 제대로 작동하는지 확인하고자 변경 마을로 돌아와 있었다.

"정말, 연일 저걸 보고 다들 난리법석이라니까."

허리에 손을 짚은 말레르가, 지금도 프로젝터 앞에 몰려 있는 마을 사람들을 보고 쓴웃음을 짓는다.

그중에는 자기 딸인 리트도 있어서 그런지, 어이없는 느낌이기도 하다.

케나가 부재중일 때, 구경꾼이 화면을 뚫어지라 쳐다보는 것을 보고, 록시느가 접근 금지를 명한 모양이다.

록시즈가 협의한 끝에, 화면에서 약 2미터 떨어진 곳에 밧줄이 쳐져 있었다.

여기를 넘어간 자는 벌로 10일간의 금주를 명받는다고 한다.

그것은 주점뿐만 아니라, 자기 집에서도 실행된다.

넘어간 사람을 적발한 자는, 술 한 잔을 무료로 준다나.

구경꾼은 말레르뿐만 아니라, 친구나 아내에게도 상호 감시당하는 모양이다.

마을로 돌아오자, 그 사실을 설명받고, 록시느에게서는 "부디

이 밧줄에 전격 함정을 부가해 주십시오."라는 부탁을 받았다.

"한 방에 숯덩이가 되는 미래밖에 안 보여!"

케나에게 종이부채로 맞은 록시느를, 쿠가 손가락으로 가리키며 폭소했다.

"미성년자는? 루카라든가, 리트라든가."

"그 경우는 목욕탕 청소입니다. 밀고하면, 저희 집 특제 과일 주스입니다."

"밀고라니……."

스킬로 만들어지는 과일 주스는 재료에 설탕을 첨가하지 않아도 진하고 단맛이 난다.

아이들뿐만 아니라 마을 여자들 사이에서도 인기 상품이었다.

"미미리의 경우는…… 그럴 일이 없나."

"미미리 씨는 여러분이 와글와글 떠들썩한 주점 분위기를 즐기는 것 같아서, 화면을 보고 있었던 적은 별로 없었습니다."

"굳이 따지자면 케나 님의 탑에서 보낸 풍경일 때, 뚫어지라 보고 있었죠."

"아하. 미미리도 공중 유영을 체험하게 해주는 게 좋으려나?"

"그 방법은 시도하지 않는 것이 좋을 겁니다……."

"그래?"

눈을 반쯤 흘기고 얼굴 앞에서 손사레를 치는 록시리우스를 보고, 케나는 '다음에 한번 물어보자.' 라고 생각하는 데 그쳤다.

집에 돌아와서는 부재중에 있었던 일들을 보고하는 자리가 있었다.

그렇다고는 해도 3일 정도로는, 마을에 이변이 일어났다고는 생각할 수 없는 느긋한 공기가 감돌고 있다.

"부재중에 오푸스는 집에 왔어?"

"아니요, 한 번도 오지 않았습니다. 사이렌 님도요."

록시즈 두 사람 모두 고개를 젓는다.

오푸스는 여전히 무슨 생각을 하는지 알 수 없어서, 행동 지침도 예상할 수 없다.

세 번째 멤버를 확보하고 있는 걸까.

처음부터 있었다면 그것을 조련하고 있는 걸까.

잠복하고 있다면 자기 탑일까.

"그리고 케나 님."

"응, 왜?"

"부재중 우려 사항에 대한 보고가 있습니다."

"뭔데? 사흘밖에 안 됐는데 이상한 일이라도 일어났어? 습격이 있었다고는 생각하지 않지만. 너희가 있는데, 긴급 사태가 생길 일도 없잖아."

"아뇨, 문제를 일으킨 것은 상인이나 여행자입니다."

"프로젝터 관련이야?"

"네."

예상했던 일이다.

에리네의 말에 따르면, 상인들은 대체로 뭐든지 돈으로 해결할 수 있다고 생각하는 모양이니까, 그게 귀찮다.

"부르는 대로 돈을 줄 테니 팔라고 소란을 피운 자가 한 명."

"값은 비싸게 불렀어?"

"아뇨, 비매품이라는 말로 밀어붙였습니다."

케나는 록시리우스가 말로만 끝내지는 않았을 것이라고 확신하고 있었다.

케나가 부재중일 때 마을에 온 손님 대응에서, 무리한 요구에 해당하는 사항은 록시리우스에게 일임하고 있다.

록시느보다 전투 스킬이 많기 때문이다.

언동이 부드럽고, 소년 같은 외모라서, 처음 보는 자는 얕보는 경우가 많다.

분명 그 '팔아달라' 던 상인도, 위가 꽉 오그라드는 【외포(畏怖)】를 먹었을 것이다.

도망치듯이 돌아가지 않았을까.

"그게 다야?"

이 말에는 차를 새로 가져온 록시느가 대답했다.

"아뇨, 또 한 명은 엿보기입니다."

"엿보기? 공동 목욕탕에서? 여탕 쪽에는 방벽을 쳐뒀잖아?"

만약을 위해 여탕 쪽에는 매직미러처럼, '밖에서 안은 보이지 않고', '안에서 밖은 보이는' 효과를 포함하는 견고한 방벽을 쳤다.

그 관계상 공동 목욕탕은 (없다고는 생각하지만) 대규모 마물 범람이 일어났을 때의 피난 장소가 됐다.

문제의 범인은 여탕 쪽 노천탕 상공(방벽 위)을 기어다니는 것이 목격되어, 록시리우스에게 두들겨 맞아 떨어진 모양이다.

붙잡힌 범인은 음유시인을 자칭하며 마을에 들어왔고, 방문은 두 번째라고 한다.

"그 범인은?"

"이미 헬슈펠 국경의 병사에게 인도했습니다."

"아이고, 병사들 화났겠네."

"네."

헬슈펠 국경 병사들의 휴가지인 이 마을에서 문제를 일으키다니, 정상참작의 여지도 없을 것 같다.

그것도 엿보기 수준이라면, 국경 요새에서 한 달의 무보수 중노동 정도일 거라고, 인도했을 때 병사가 말했다고 한다.

노린 대상은 여자들 전체가 아니라, 미미리 혼자라고 들었다.

여관 식당에서 식사하는 모습에 첫눈에 반해, 기회를 엿보고 있었다는 것이다.

"첫눈에 반해서 덮치려고 해? 그 녀석은 뇌가 썩었어?"

"전적으로 동감합니다. 인도하기 전에 뭉개버렸어야 했다고 생각하고 있습니다."

뭘? 하고 되물을 수는 없다.

무시무시한 미소를 짓는 두 여성을, 록시리우스는 애써 못 본

척했다.

록시즈의 보고 후, 집 밖의 길을 소란스럽게 달려가는 집단이 있었다.

"시작했다! 시작했어! 뭔가 시작하는 게 나왔어!"

"여관으로 서둘러! 놓치겠다고!"

외치던 느낌으로 봐서, 투기제가 시작됐다고 판단한 듯하다.

다른 집에서도 사람들이 이동하며 왁자지껄한 소리가 들려오고, 마을 전체가 단번에 소란스러워진다.

케나가 들었던 이야기와는 조금 다르지만.

"다른가요?"

"듣기로는 참가 멤버를 보고, 투기제 개최 기간은 실력을 가늠할 수 있는 기사단장 샤이닝세이버가 판단한다고 하던데."

""실력을 가늠해요?""

록시즈가 들어본 적 없는 말에 고개를 갸웃거린다.

"참가자를 샤이닝세이버의【서치】로 판별하는 거겠지."

케나는 그런 속사정이 아닐까 하고, 예상한 것을 이야기한다.

두 사람 모두 납득하고 고개를 끄덕였다.

하지만 이번에는 명백히 고레벨인 오푸스와 사이렌, 그리고 추가 한 명이 참가하니까, 샤이닝세이버도 고민에 고민을 거듭했을 것이다.

개회식을 포함한 개최 기간은 3일이라고 한다.

"오늘은 개회식과 연무만 한다고 들었는데."

"연무?"

"그게 뭐죠?"

"듣기로는 작년 투기제 솔로 부문 상위 세 명이 참가하고, 누구나 도전할 수 있는 이벤트라던가."

"네?"

순식간에 흥미를 잃는 록시즈의 반응이 재미있다.

어제까지 왕도에 있었기에, 발표된 일정은 스카르고가 최단 시간으로 입수해 와 주었다.

황송하게도 대사제를 전령 역할로 삼는 사람은 케나밖에 없을 것이다.

"쿠도 참가할 수 있어!"

"쿠는【살살하기】가 없으니까, 참가하면 상대가 죽을 거야."

"뭐, 그렇겠죠."

"다음에는 시내 사람들한테 쫓겨 다니는 미래밖에 안 보여……."

"아아, 그렇겠네요."

요정은 목격한 것만으로도 행운이 찾아온다는 존재다.

그건 도시에서 아이들만이 믿는 게 아니었던 모양이다.

"자, 그럼." 하고 일어난 케나는, 앞으로의 예정을 두 사람에게 전한다.

"오늘은 이제부터, 프로젝터가 있는 데를 한번 보고, 다시 투기장으로 갈 거야."

""알겠습니다.""

"귀가는 몇 시쯤에 하실 겁니까?"

록시즈는 나란히 고개를 숙였지만, 귀환 예정까지 물어본 것은 록시리우스뿐이었다.

"수호자의 탑이라는 투기장이 만전 상태라, 뭐가 자동으로 가동할지 모르니까, 끝까지 지켜보게."

"알겠습니다."

케나의 탑에서 자동 기능은 아래에 있는 미혹의 숲과 탑 내부 계단의 무한 증가다.

침입자가 왔을 때 수호자의 승인 없이 멋대로 기동한다.

같은 기능이 투기장에 없다고 할 수 없으므로, 만약을 위해 안에서 감시하기로 한 것이다.

연기 수호자에게 물어보니 '파악한 바가 없습니다.' 라며 엄청나게 무서운 말을 했다.

본래의 스킬 마스터인 쿄타로의 선량함을 믿을 수밖에 없다.

장소를 바꿔, 개회식 중인 투기장으로 시선이 넘어간다.

관객석 가장 높은 곳에서, 국왕의 성은이 망극한 말씀을 하고, 지금은 참가자 중에서 기사 한 명이 "기사도 정신에 입각하여, 정정당당하게~."하는 선서를 외치고 있었다.

오푸스 일행은 기사도 뭐도 아니므로, 그걸 충실히 지킬 필요도 없는데.

그는 주위를 【다각도 시각】 스킬로 관찰하면서, 수상한 장치가 없는지 확인하고 있었다.

【다각도 시각】은 곤충의 겹눈처럼 전방위를 볼 수 있는 스킬이다.

중첩 사용도 가능해서, 【서치】나 【폭로】 등도 포함하여 사용하고 있었다.

몇 가지 문제점도 발견했지만, 악질적인 장치는 대체로 없는 모양이다.

너무 없는 것도 그것대로 문제이기는 하다.

수호자의 탑인 이 투기장에는, 오푸스와 기사단장, 참가자 한 명과 관객 중에 몇 명, 섞여 있는 플레이어를 확인했다.

관객석 쪽에서는 원한이 담긴 시선이 마구 느껴져, 오푸스의 입꼬리가 저절로 올라갔다.

참가 파티는 전부 다섯 팀.

처음에는 여섯 팀이 있었지만, 대진표 추첨 시점에서 한 팀이 도망쳤다.

그 공포의 시선은 오푸스를 향했으니까, 그를 아는 플레이어나 모험가였을지도 모른다.

추첨 때 확인한 플레이어는 두 명.

기사단장을 자칭하는 샤이닝세이버라는 플레이어.

레벨은 427. 면식은 없지만 케나에게 들어서 알고 있다.

〈개선의 갑옷〉이라는 파티의 탱커인, 코랄이라는 플레이어.

레벨은 392. 이쪽과도 면식이 없지만, 케나에게 들어서 알고 있다.

개최 기간을 정하겠다고 호언장담했던 샤이닝세이버가 참가자 모두에게 【서치】를 걸더니, 오푸스를 보고 몹시 당황했던 것을 기억한다.

코랄도 이쪽을 힐끔거리고 있었다.

아니, 솔직히 말하자.

거의 모든 참가자와 관객석의 시선이 향하는 곳은, 오푸스가 이끄는 〈무명〉 파티다.

참가 인원은 규정 빠듯한 세 명뿐.

로브로 몸을 감싼 마인족 오푸스.

메이드복을 입고 무관심하게 서 있는 엘프 사이렌.

그리고 다른 한 명은 줄 맨 앞에 서 있는 작은 전신갑옷의 인물이다.

결코 듈라한 같은 몬스터는 아니다. 그것만큼은 단언한다.

대, 중, 소로 갖춰진 멤버들에게 누구나 의심 어린 시선을 보내고 있었다.

누군가 말하길, 싸울 수는 있는가?

누군가 말하길, 할 마음은 있는가?

누군가 말하길, 금방 죽는 거 아니야?

관객과 참가자(두 명은 제외)의 예상은 그 세 가지로 집약되어 있었다.

일단 말해두지만, 불의의 사고 외에 참가자를 죽음에 이르게 하는 것은 실격 행위다.

"모르는 게 약이네."

그렇게, 케나는 먼 변경 마을의 프로젝터 너머에서 중얼거리고 있었다.

개회식 후에는 연무가 있어서, 참가자는 일단 해산한다.

참가자는 투기장 근처 귀족 저택의 별채를 빌려 숙박할 수 있어서, 식사나 잠자리에 불편함은 없다고 한다.

다만, 술이나 여자는 구하기 어렵다는 이야기를 다른 참가자에게 들었다.

이것은 취해서 난동을 부린 자나, 여자에게서 독 종류를 받았다는 전례가 있으므로, 지원하지 않는 모양이다.

그 밖에도 투기제 중에는 기사들에 의해 삼엄한 경계 태세가 깔리므로, 이 근처에서 이동할 수 없다고 들었다.

오푸스의 경우, 술은 아이템 박스 안에 비축했고, 직접 만들 수도 있으므로 문제가 되지 않는다.

여자에게는 전혀 흥미가 없고.

투기장 내 통로에서 밖으로 나가려던 오푸스는, 등 뒤에서 다가오는 거친 발소리를 듣고 그 자리에 멈췄다.

"제거할까요?"

"……."

무표정하게 무시무시한 말을 하는 사이렌과 작은 전신갑옷을

뒤로 물리고, 다가오는 플레이어를 기다린다.

이윽고 모습을 드러낸 것은, 샤이닝세이버와 코랄이다.

"오페케텐슐트하이머 크로스테트봄버다!"

두 사람이 무언가 말하기 전에 【외포】 스킬을 발동해 기선을 제압해 보았다.

목소리와 함께 으스러질 듯한 중압이 두 사람을 덮친다.

그것이 금방 해제되자, 어이없다는 표정인 오푸스와 눈이 마주쳤다.

"아무런 대비 없이 고레벨 플레이어 앞에 서니까 그렇게 되는 것이다."

놀리는 선제공격도 포함되어 있었던 모양이다.

오푸스는 "푸하하하." 하고 웃고 있었기 때문에, 두 사람은 불평할 기력이 사그라들었다.

"젠장, 걸렸다."

"인사하려고 했을 뿐이라고!"

"알고 있다."

""전부 계산한 거였냐!""

"케나가 말한 대로 성질 더럽네, 이 녀석."

다시 마주 보지만, 막상 본인을 앞에 두니 불평밖에 나오지 않는다.

"〈은월기마〉의 부길마 샤이닝세이버와 일반 길드원 코랄이로군. 네 번 정도 함정에 빠뜨렸던 것 같은데."

"기억하고 있었냐?!"

"이름이 기니까, 개명하는 함정에 빠뜨려도 되겠나?"

"사람 말 좀 들어! 그리고 먼저 말하고 나서 기분 더러운 함정에 빠뜨리려고 하지 마!"

"푸하하하하핫! 강제 마법으로 개명해 주마. 삐약이 같은 건 어떠냐?"

"이 녀석 최악이잖아?!"

"딴죽 걸 곳밖에 없어! 뭐야 이 녀석은?!"

영문도 모른 채 성난 파도와 같은 무시무시한 딴죽 역할이 되어버린 두 사람은, 거친 파도에 내던져진 작은 배처럼 농락당할 수밖에 없었다.

그리고 덤으로 수수께끼의 마법도 당했다.

"아아아아아아악!"

"삐약이 같은 건 싫다고오오오옷!"

두 사람 모두 무릎을 꿇고 고개를 숙여 스테이터스 화면을 확인해 보지만, 이름은 그대로였다.

""바, 바뀌지 않았어!""

두 사람 모두 환호성을 지르며 서로 껴안고 무사함을 기뻐하자, 차가운 목소리가 들려온다.

"남자끼리 껴안고 있다니. 징그럽군."

반론하려고 해도 두 사람의 모습은 진짜 그 말대로라, 침울해질 뿐이었다.

"뭐, 장난은 그만하지. 그래서, 무슨 일로 왔지?"

그건 샤이닝세이버와 코랄이 하고 싶은 말이었지만, 전복된 작은 배에서는 반론할 기력도 남아 있지 않았다.

만난 지 5분 만에 지옥에 내팽개쳐진 두 사람은, 장소를 옮겨 오푸스가 묵고 있는 저택의 살롱에 모였다.

저택에는 사용인도 없어서 자기 몸은 자기가 챙겨야 한다.

참고로 저택 안의 집기류를 망가뜨리면 변상해야 하므로, 오푸스는 처음부터 보호 마법을 잔뜩 걸어두었다.

다른 참가자는 기사단을 제외하고, 전전긍긍하며 사용하고 있다고 한다.

여기는 사이렌이 있으므로, 오푸스의 시중은 식은 죽 먹기다.

무엇이 마음에 들지 않는지, 샤이닝세이버와 코랄 앞에 놓인 것은 물이었다.

"저 메이드 무섭지 않아?"

"네놈들이 불쾌한 소리라도 지껄였겠지. 가슴이라든가 엉덩이라든가."

곧이어 어디선가 날아온 쟁반이 오푸스의 뒤통수에 박혔다.

말레르의 기술이 전수된 모양으로, 무시무시한 광경이다.

"자. 다시 한번, 무슨 일로 왔지?"

"그 전에 잠깐 괜찮나?"

"쟁반 이야기를 꺼내는 순간 이 집에서 쫓아낼 텐데, 그래도 괜찮겠나?"

두 사람은 동요를 감추지 못한 채, 오푸스와의 대담에 임하게 된다.

덧붙여 문제의 쟁반은 오푸스의 머리를 절반쯤 붉게 물들이고, 지금도 붉은 액체가 뚝뚝 떨어지고 있는 상태였다.

“어차피 물어보고 싶은 건 내가 참가한 것과 관계가 있겠지.”

“그, 그렇긴 한데! 확실히 누가 참가하는 것은 자유고, 예선을 통과하면 불만은 없어!”

역설하는 것은 샤이닝세이버다.

그는 참가자 측이기는 하지만, 참가하는 무인 중 장래가 유망한 자를 기사단에 영입하라는 밀명도 받았다.

그런 관점에서 말하자면, 코랄은 합격이다.

하지만 각국의 파워 밸런스가 엉망이 되니까, 플레이어만 기사단에서 받아들일 수는 없다.

그렇다고 해서 투기제에 초월자가 나오는 것은, 완전히 예상 밖의 일이다.

그들에게 짓밟힌다는 것은, 실력을 가늠하기 이전의 문제다.

상대한 자가 그저 약자로만 보이기 때문이다.

“개미 앞에 ICBM을 들이대는 것과 같다고. 네놈 앞에서는 나도 샤이닝세이버도 똑같이 개미야.”

“푸하하하, 그럴듯한 비유로군.”

“웃을 일이 아니야. 네 목적은 뭐냐. 부냐, 명성이냐? 설마 우승이 목적이라고는 안 하겠지?”

"그 어느 것도 아니다. 네놈들은 상상도 할 수 없는 것이 나의 목적이다."

"뭐야, 가르쳐 줘도 되잖아!"

"적당히 얼버무리려는 속셈이 아니겠지. 설령 네가 한계 돌파자라고 해도, 이 나라에 해를 끼치려 한다면, 이기지는 못하더라도, 한 방 먹일 때까지는 상대해 주마!"

큰소리치며 검에 손을 대는 샤이닝세이버와 뒤따라 허리를 낮추는 코랄.

각종 전투 스킬을 발동하면서, 오푸스의 빈틈을 놓치지 않으려는 듯이 쏘아본다.

귀찮다고 느끼던 오푸스도, 얼마간의 눈싸움 끝에 "이런이런." 하고 어깨를 으쓱했다.

얼굴 앞에서 손을 흔들어, 두 사람에게 항복을 표명한다.

"그만, 그만. 네놈들과 죽도록 싸워 봤자 한 푼의 이득도 없다. 나도 여기서 싸울 생각이 없다. 무기를 거두어라."

"크헉."

"후우~. 10년 감수했네……."

그때까지 샤이닝세이버는 같이 죽을 각오였지만, 긴장이 단숨에 풀리자 전투태세를 풀었다.

코랄은 "된서리는 맞기 싫어."라며 땀을 흘리면서 바닥에 주저앉아 있다.

"이 세계에 살아있는 플레이어가 필요한 것이다."

"하?"

"플레이어?"

"너도 기사단장 같은 걸 하고 있다면, 몇 번인가 목격했을 것이다. 게임 시절의 적을."

"지난번 습격 때의 녀석인가!"

라이칸스로프 레오헤드가 주변의 마물을 이끌고 펠스케이로를 공격한 사건에서 시간이 오래 지나지 않았다.

기사단 안에 앙금으로 남은 불협화음은, 대체로 그때의 한심한 전과에 있었다.

마물에게 간단히 매료되어 배신했다니, 대대손손 이어질 망신도 이만저만이 아니다.

하지만 샤이닝세이버로서는, 제아무리 강인한 기사라고는 해도 현지인이 게임 속 적 캐릭터의 정신 공격에 견딜 수 있을 리가 없다는 것을 아니까.

당연한 결과로 그렇게 됐다고 말할 수밖에 없다.

그 전말을 들은 민중에게 '레벨 차이 때문입니다.' 같은 변명은 할 수 없으므로, 기사의 오명은 기사들의 행동으로 씻을 수밖에 없다.

그런 부하들을 보고 있어야만 하는 샤이닝세이버는 스트레스가 쌓여 있었다.

투기제에서 만족스러운 싸움을 민중에게 보여주고, 기사의 긍지를 되찾는 것이 이번 목표다.

"너는 저런 게 발생한 원인을 알고 있다는 거냐!"

"음. 그렇지."

샤이닝세이버가 주먹을 테이블에 내려친다.

본래의 완력이 충분히 발휘되었다면, 부서졌을 것이다.

굉장한 소리가 났지만, 테이블은 보호 마법 덕분에 상처 하나 없다.

"너무 흥분했어, 샤이닝세이버. 조금 머리를 식혀."

코랄이 격분하려던 샤이닝세이버의 어깨를 강하게 쳐서, 제정신으로 돌아온다.

드래고이드의 비늘은 그렇게 하지 않으면, 충격을 안으로 통과시키지 않아, 눈치채지 못하는 녀석도 많다.

"그건 그거냐, 차국대결계 말인가? 그 안에 게임 시절의 마물이 무수히 봉인되어 있겠지. 그것이 결계를 빠져나와 밖으로 나온 것이 아닌가?"

코랄은 오푸스에게 자기 생각을 말하고 확증을 얻으려 했다.

이것은 케나와 이야기했을 때부터 생각하고 있었던 것이다.

애초에 세계에는 게임 시절의 흔적이 너무 많다.

수호자의 탑 같은 건 그 대표격이고, 전쟁 이벤트의 약탈 드롭 포인트는 지금 세계에 아무런 득도 안 된다.

한번 기동하면 괴수 펭귄 때처럼 대소동이 벌어지는 데다가, 해치울 녀석을 찾는 것이 더 어렵다. 그때의 발생은 완전 사고라서 어쩔 수 없었지만.

"뭐, 그건 차차 말이지. 지금 말할 수 있는 건 거기까지다."

남에게 말하게 할 만큼 했으면서 자기 속내는 이야기하지 않은 채, 오푸스는 대화를 끊었다.

자리를 뜨고, 이야기는 다 끝났다는 듯이 직립 부동으로 방구석에서 대기하는 사이렌에게로 다가가, 그 어깨에 손을 뻗는다.

"야!"

"흠. 그렇게나 내게 이야기를 시키고 싶다면, 스킬 마스터답게 시련이라도 내려줄까."

"시련? 투기장은 케나가 관리하고 있다고 들었는데."

"그건 그거, 이건 이거다. 이 투기제에서 우승하면, 그 이유를 이야기해 주지."

히죽 웃은 오푸스는 사이렌과 함께 【전이】를 써서 어딘가로 모습을 감췄다.

저 마법을 쓰는 녀석을 뒤쫓는 것은 거의 불가능에 가깝다.

두 사람은 쓴 벌레를 씹은 얼굴을 하고, 울며 겨자 먹기로 포기했다.

"여전히 사람을 놀려먹고 있군."

"방송 때 인터뷰하는 언동도 진짜 심했었지."

옛날을 떠올리며 뒷담화를 하고 있자, 방문이 갑자기 열린다.

오푸스가 돌아왔나 하고 경계하는 두 사람이었지만, 나타난 것은 또 다른 스킬 마스터였다.

"안녕, 오푸스 상대하느라 고생했어."

"케나인가."

"어이어이, 넌 어디로 들어온 거야! 이 저택은 대회 참가자의 사용만 허락된다고!"

샤이닝세이버가 손가락을 딱 들이대자, 케나는 뺨을 붉히며 "아, 음, 있잖아." 하고 운을 떼더니, 눈을 세모꼴로 뜨고 화내기 시작했다.

"저택 앞을 어슬렁거리고 있었더니, 네 약혼자 취급으로 그냥 들여보내 줬다고! 슬슬 그 헛소문 좀 어떻게 해줄 수 없어? 이걸 언제까지 질질 끌 거야!"

완전히 적반하장이다.

이미 이 나라의 기사나 병사들 사이에선 '기사단장의 약혼자'로 널리 알려져서, 케나도 곤란해진 것이다.

그 말이 면죄부가 되어, 관계자 외 출입 불가 장소에도 이번처럼 순조롭게 침입할 수 있다. 바란 바는 아니지만.

근본적으로 기사단의 오명 운운이 아니라, 이 허술한 기강이 기사에 대한 신뢰를 잃게 한 원인이 아닐까.

"야, 약혼자? 뭘 어떻게 해야 그런 오해가 생기는 거냐."

"전부 샤이닝세이버라는 녀석이 나쁜 자식인 거야."

"윽?!"

이건 샤이닝세이버가 잘되라고 생각해서 저지른 실수라, 아무 말도 할 수 없어진다.

몸부림치며 입을 다물어버린 샤이닝세이버를 한번 쏘아보고,

케나는 코랄에게 시선을 돌렸다.

"뭐야. 비웃으러 온 거냐?"

"아니라니까. 피해망상이네."

"그러면 뭐 하러 온 거야, 너는."

"아니, 코랄네가 이런 행사에 나오다니, 무슨 바람이 불었나 해서."

"아아, 그쪽인가."

"항상 파티에서는 한 걸음 물러서서 조율했었잖아. 탱커를 한다든가, 잡일을 떠맡는다든가."

"어째서 우리 파티의 내부 사정을 알고 있는 거냐? 스토커냐."

코랄은 이쪽 세계에서 눈을 뜬 후, 신세를 졌던 마을에서 친해진 청년들과 〈개선의 갑옷〉이라는 파티를 결성하고 있다.

플레이어니까, 그 실력을 봉인하고 보이지 않는 곳에서 파티를 지원하는 일을 계속해서 맡았다고 한다.

"아니라니까. 마법사 씨가 말했어. '그 힘을 완전히 발휘해도 괜찮은데 말이죠.' 라고."

"칫, 그 녀석인가……."

〈개선의 갑옷〉과 만날 때마다 몇 번인가 이야기하는 동안, 어느새 케나도 그들과 안면을 트게 되었다.

코랄이 오푸스와 이야기하러 갔을 때 그들과 접촉한 케나가 들은 바로는, 이번 출전은 평소 답답해하는 코랄을 위한 일이라고 했다.

아무래도 풍기는 분위기에서, 케나가 코랄과 가까운 관계(같은 플레이어)가 아닐까 하고 눈치채고 있었던 모양이다.

'벌써 10년이나 같이 있었으니까요.' 라고 웃고 있던 파티 마법사에게는 감탄할 따름이다.

"1회전부터 기사단이랑 코랄네가 붙지? 원하던 바잖아."

"아아, 대진표를 봤나."

참가 파티가 다섯 팀이라, 개회식 전에 추첨으로 대전 상대를 정한 모양이다.

시드를 받은 것은 오우타로퀘스의 모험가 길드에서 왔다는 마법사들 파티로, 1회전 카드는 기사단 VS 〈개선의 갑옷〉이다.

오푸스는 2회전에서 유난히 호화로운 장비를 갖춘 파티와 붙는다.

시드 파티는 다시 추첨으로 준준결승을 하고, 그 승자와 결승이 치러진다.

그것을 내일 하루에 걸쳐 행한다고 하니, 이겨나가는 파티는 체력 분배를 조절하는 것이 과제가 될 것이 틀림없다.

한 파티만 그 조절과 무관한 녀석들이 있지만.

"모처럼 발할라를 줬으니까 써봐. 그걸로 샤이닝세이버를 해체하면 되는 거야."

"죽일 셈이냐!"

번뇌에서 돌아온 샤이닝세이버가 거기에 딴지를 건다.

"어이, 코랄이 그걸 쓴다면 나도 생각이 있다고!"

"에?"

"케나, 전에 말했던 보수 말이다! 그거 스킬 말고 검을 줘!"

"전이라니……. 아아, 대왕고래 때의 답례 말이지."

대왕고래의 수호자의 탑을 낚아 올려, 강의 수호신으로 두었을 때의 일이다.

기사단이나 왕녀에게 도움을 요청하고, 샤이닝세이버의 보수로서 세 가지 스킬을 양도하기로 했지만, 그것을 아직 청구받지 않았다.

이참에 스킬 대신 자신이 온전히 싸울 수 있는 검이 필요한 모양이다.

"아아, 검 재고라면 짚이는 데가 있어. 잠깐만 기다려."

수호자의 반지와 키워드로 투기장 수호자의 방으로 이동한다.

떠올린 것은 쿄타로가 보유하고 있던, 투기장 내 아이템 박스의 내용물이다.

신중하게 힘을 조절해 탑의 아이템 박스를 내리고, 안에서 찾는 검을 꺼낸 후, 샤이닝세이버 일행에게로 돌아온다.

"자, 기다렸지!"

"안 기다렸어. 엄청 빠르네."

"돌아올 때는 저 이펙트 발생 안 하는구나."

"감탄할 부분이 거기냐!"

느긋한 분위기 속에서, 케나가 챙겨온 검을 샤이닝세이버에게 제시한다.

코타로가 〈은월기마〉 길드의 길드 마스터였으니, 같은 멤버였던 샤이닝세이버에게 검을 줘도 불만은 없을 것이라고, 생각한 것이다.

“추종의 검(럼버잭)이라고?!”

“발할라보다 랭크가 하나 떨어지지만, 샤이닝세이버랑 코랄의 레벨 차이를 생각하면 그걸로 충분히 맞붙을 수 있잖아.”

“아니, 이건 분명, 참격이 이중으로 날아오는 녀석 아니었나? 내가 여파로 죽을 텐데, 보통.”

“그건 뭐, 샤이닝세이버의 실력을 보여줄 부분이라는 거 아니겠어?”

줬으니까 내 볼일은 다 끝났다는 듯, 케나의 태도는 대충대충이었다.

도움을 받고 불평은 할 수 없지만, 그 대응은 어떤가 싶다.

반쯤 감은 눈이 되면서도, 받은 검을 여러 각도에서 바라보며 샤이닝세이버는 마음이 들떴다.

빨리 휘둘러 보고 싶다.

검과 검을 맞대고 싶다.

그 효과는 어느 정도일까.

“왠지 샤이닝세이버가, 살인귀 같은 얼굴을 한 건에 대하여.”

“일종의 검에 미친 자로군. 무서워, 무서워.”

“입에서 나오는 대로 말하지 마. 내일 두고 보자, 코랄.”

“히익.”

사나운 미소와 함께 검을 겨누자, 코랄이 몸서리친다.

내일 저것과 싸운다고 생각하면 머리가 아프기 때문이다.

하지만 자신의 파티 멤버가 상대했을 경우, 한 방에 저세상으로 가는 것은 확정이다.

그렇게 두지 않기 위해서는 자신이 선두에 설 수밖에 없다.

발할라의 손잡이를 세게 쥐고 마음을 다잡은 코랄은 샤이닝세이버와 눈빛을 주고받았다.

참고로 케나는 검을 준 다음, 자기 할 일은 끝났다며 마이마이의 집으로 돌아갔다.

두 사람이 케나의 부재를 알아차린 것은 어느새 돌아온 사이렌에 의해 저택에서 쫓겨난 뒤였다.

다음 날 첫 시합은 아침부터 시작되었다.

참가자들은 같은 시각에 강제 기상, 아침 식사를 욱여 넣고, 투기장으로 이동한다.

시장이 겨우 열릴 시간인데도, 관객석은 꽉꽉 찼다.

통로에도 서서 보는 관객이 북적거리고 있어서, 모르는 사람이 보면 그렇게까지 사람을 들일 필요가 있냐고 할 말을 잃을 듯한 모습이었다.

설명은 넘어가고,

'빰빠, 빠빠빠밤!' 하고 개시 나팔 소리가 울려 퍼지며 시작되었다.

듣자 하니 초창기에는 체면을 위해 악단이 성대한 음악을 연주했다고 하는데, 애가 탄 관객이 야유를 보내고 투기장 안에 물건을 투척하는 사건이 생겨서 간결해졌다고 한다.

주민들도 스트레스를 발산할 수 있는 장소다운 결말이다.

승패를 결정하는 기준은 대전하는 상대의 동의나, 견학하고 있는 국왕의 판단뿐.

시기와 상황에 따라서는 관객의 다수결에 맡겨지기도 한다.

진짜 엉성하다.

이것도 처음에는 심판이 있었다고 하지만, 참가자들이 치열한 매수전을 벌이는 바람에 두지 않게 되었다고 한다.

참가할 거면 시합에 사력을 다하라고 말하고 싶다.

첫 대전 카드는 기사단의 대표 5명 대, 모험가 5명이다.

관전 중인 사람들은, 시작부터 여러 사람이 뒤섞이는 근접전이 될 것으로 기대하고 있었다.

그 기대와 다르게 각 진영에서 대검을 든 한 명이 대표로 앞으로 나온 것에, 사람들은 의문의 목소리를 높인다.

기사단에서 나온 것은 샤이닝세이버고, 모험가 측에서 나온 것은 코랄이다.

아무것도 모르는 관객들은 그것을 보고 제멋대로 야유했다.

"뭐야, 안 싸우는 거냐?"

"한 명씩 승패를 정해서, 이긴 횟수를 비교하는 방식인가?"

"개인전을 보러 온 게 아니라고!"

"제대로 해!"

투기장 내의 벽을 따라 대기하는 나머지 참가자에게도, 그 목소리는 닿고 있다.

다른 참가자가 불쾌한 기분을 느끼고 있는 가운데, 오푸스만이 재미있다는 듯이 웃고 있었다.

"크크크, 이제부터 무슨 일이 시작될지도 모르는 얼간이들 같으니. 기겁하게 될 것이다."

"주인님, 취미가 고약하군요."

"……."

혼자만 악의 우두머리 같은 분위기를 풍기고 있어서, 다른 참가자로부터 주목받고 있다.

그 사실을 아는지 모르는지.

"어쨌든 이걸로, 번거로운 토너먼트의 수고도 줄어들겠지."

마른침을 삼키며 승패의 행방을 지켜보는 다른 참가자들을 둘러본다.

오푸스가 동향을 신경 쓰는 것은, 자기 차례를 기다리는 다른 참가자들이었다.

한편, 수호자의 방에서 【쌍둥이 눈】의 방송 상태를 확인하고 있던 케나는 변경 마을에서 록시리우스가 연락한 것에 대해 만족스럽게 고개를 끄덕이고 있었다.

투기제 본선이 시작된다고 해서, 여관 식당에는 아침부터 마을 사람들이 몰려들고 있다고 한다.

밭일에서 손을 뗄 수 없는 사람이나, 미미리를 제외하고는 모두 함께 관전하고 있다는 듯하다.

미미리는 거친 싸움을 직시하고 싶지 않은 듯, 경쟁하는 싸움은 질색하는 모양이다.

“그건 인어족과의 삶의 방식 차이일까?”

『자세히 물어보진 않았습니다만, 아마도.』

“흐음. 민감한 문제도 있을 것 같으니, 캐묻진 말자.”

『알고 있습니다.』

“그러면 록스. 그쪽은 계속해서 맡길게. 이것저것 부탁해서 미안하지만, 노이즈가 생긴다든가 소리가 안 들린다든가, 사소한 이상이 생기면 알려줘.”

『알겠습니다.』

얼굴은 보이지 않지만, 공손하게 인사했을 록시리우스와의 대화를 끝낸다.

하지만 투기제 중의 록시리우스가 하는 일은 다방면에 걸치므로, 유난히 바쁘다.

마을 경비와 프로젝터의 유지 보수 및 이상 관찰.

아이들을 돌보는 것에, 마을을 방문하는 손님의 감시도 포함된다.

청소, 세탁, 집안일을 도맡아 하고 있지만, 집 밖은 자기 관할이 아니라고 주장하는 록시느와는 일의 질이 너무 다를 것이다.

“역시 돌아가면 휴가라도 줘야 하나.”

강제로라도 위로해 줄 수밖에 없겠다고, 케나는 생각했다.

"자, 그럼."

아이템 박스에서 등받이 부분이 비정상적으로 높은 왕좌 모양의 의자를 꺼낸 케나는 거기에 걸터앉아서 느긋하게 관전 모드에 들어간다.

작은 테이블도 수호자의 방에 가져와 록시느가 만들어준 쿠키를 접시에 담고, 홍차를 따른 컵을 테이블 위에 세 개 준비하면 준비 완료다.

잽싸게 테이블에 내려앉은 쿠가 쿠키를 볼에 가득 넣고, 부스러기를 우수수 양산하기 시작한다.

"자자, 마이마이도."

"저, 정말로 이런 곳에서 차를 마셔도 될까요?"

케나는 숙박비 대신 마이마이를 초대해 수호자의 방에 온 것이다.

먼저 자리에 앉아 주위에 떠서 바깥 상황을 보여주는 무수한 패널 화면을 바라보고 있었지만, 굳이 따지자면 거북해 보였다.

"딱히 마이마이가 있어도 문제없지?"

『네. 아무 문제도 없습니다.』

옆에 우두커니 서 있는 연기 수호자에게 물어보지만, 예스맨처럼 고개를 끄덕일 뿐이다.

스킬 마스터에게 강하게 말하지 못하는 사양인가, 아니면 절대로 거역하지 않는 사양인가.

케나가 자기 안의 시스템을 만질 수 있게 되면, 수호자의 대인 설정도 만질 수 있을까?

그건 파고들어 봐야 알 수 있다.

수호자가 긍정하는 것을 보고도, 찻잔을 든 마이마이의 손이 떨리고 있었다.

"맛을 모를 것 같네."

"당연하죠!"

설마 솔직하게 반박할 줄 몰랐던 케나는 화들짝 놀랐다.

안이야 어쨌든, 밖에서는 지금 막 대대로 전해질 법한 전설의 한판이 시작되려고 했다. 나쁜 의미로.

""오오오오오오오오오오오옷!!""

샤이닝세이버가 흑은의 검을, 코랄이 백은의 검을 쥐고, 관객이 눈을 깜빡한 순간.

쌍방은 투기장의 중앙에서 격돌하고 있었다.

콰아아앙!

소리가 울린다.

그 직후, 두 사람의 위치는 역전되어 있었다.

그것을 인식하기도 전에 또다시 예리한 소리가 울려 퍼진다.

두 사람의 위치가 바뀐다.

그것을 보고 먼저 관객들이 터뜨린 것은 환성과 비명이다.

맨 앞줄을 점령하고 탐욕스럽게 관전하고 있던 관객 쪽에서는 비명이.

외곽에 가깝고 높아지는 뒤쪽에서는 환성이 터져 나온다.

그것은 럼버잭과 발할라가 정면충돌한 순간 주위에 퍼진 충격파에 의한 것이다.

쿵 하고 몸 중심에 울리는 충격과 확 하고 내리치는 풍압에 의해, 맨 앞줄에 있던 관객은 속수무책으로 데굴데굴 날아간다.

그것은 기사단과 〈개선의 갑옷〉 양측의 동료들도, 투기장 안에서 대기하고 있는 다른 참가자도 예외 없이 덮치고 있었다.

늘 그렇듯이, 전혀 아랑곳하지 않는 녀석도 있지만.

"우오오오오오오오옷!!"

"아아아아아아앗!!"

중앙에서 치열하게 칼싸움을 벌이고 있는 두 사람은, 다른 사람들이 어떻게 됐는지 조금도 눈치채지 못한다.

검을 부딪치고,

흘려내고,

교차하고,

그리고 다시 맞부딪친다.

서로가 상대밖에 보이지 않는 진검승부의 한복판이다.

그 주위에선 큰일이 나고 있지만.

놀라움은 투기장에만 그치지 않았다.

수호자의 방에서 화면 너머로 시합을 관전하고 있던 케나도 마찬가지다.

현실에서 플레이어가 맞부딪쳤을 경우, 여파가 발생하리라고는 생각도 못 했기 때문이다.

게임에서 플레이어끼리 맞붙는다고 해도, 광범위로 영향이 미치는 마법이나 기술을 사용하지 않는 한, 주위가 파괴되는 일은 없다.

레벨 427 대 레벨 392로 이 모양이다.

초월자끼리 맞붙었다면, 어떤 피해를 주위에 뿌릴 것인가.

"으음, 수호자?"

『네.』

"관객석이랑 투기장 안쪽을 격리하는 방벽은……?"

『네, 없습니다.』

"아, 그래. 없어……, 없다고?!"

『네.』

놀라운 말이다.

게임 시절 결투(PVP)가 이루어질 경우에는, 주위에서 손이 비는 구경꾼이 방벽을 쳐서 기술이나 마법이 밖으로 날아가는 것을 막는 것이 암묵적인 룰이었다.

이 경우는 케나나 오푸스가 구경꾼 포지션이다.

당연히 그런 안전장치 같은 것이 있을 거라고, 케나는 생각했던 것이다.

그렇다고 해서 이 상황 속에서 어슬렁어슬렁 밖으로 나가려는 생각은 없다.

현장에는 오푸스도 있을 것이다.

움직일 기미가 전혀 없는 것은, 분명 무언가를 꾸미고 있는 것이리라.

아마 절대로 변변찮은 것은 아닐 것 같지만.

그러는 동안, 이번에는 충격파와 풍압뿐이었던 여파에 기술이 섞이기 시작했다.

【회전 칼날 사출(라스링소)】.

이것은 바람의 고리를 만들어, 몇 개를 동시에 사출하는 원거리 공격 기술이다.

일단 거리를 둔 샤이닝세이버로부터 방출된다.

풍압을 지닌 회전 톱이 날아온다고 생각하면 된다.

플레이어에 따라 다르지만, 맞으면 어느 정도의 부상을 각오할 수준이다.

그것을, 코랄은 자신에게 맞을 것 같은 것만 쳐서 떨어뜨렸다.

물론, 명중하지 않은 것은 그 자리에서 소멸하지 않고 뒤로 날아간다.

영원불변의 투기장에 상처를 내는 것은 불가능하지만, 다른 것은 슥삭 베어버린다.

오푸스를 제외한 다른 참가자들은 비명을 지르며 쇄도하는 바람 톱날에서 허둥지둥 도망친다.

벽 쪽에 있던 급조 의자는 지잉 하고 난도질당하고 있었다.

벽이나 바닥에 상처 하나 없는 것이 또한 묘한 광경이다.

그것을 구사일생으로 살아남은 참가자들이 울상을 하고 보고 있다.

모두가 뭉쳐서 서로 껴안고, 공포의 표정을 띤 채 떨고 있는 아비규환의 지옥도에 가까운 모습이 눈물을 자아낸다.

이미 관객석에 남아 있는 사람은 극소수다.

모두 자기 목숨이 아까워서, 누군가가 충격파에 날아가는 광경을 본 순간에 앞다투어 도망쳐 버렸다.

남아 있는 것은 근성으로 싸움의 행방을 보고 싶은 괴짜나, 투기장 한쪽을 증오스럽게 쏘아보고 있는, 사정이 있는 청년 정도일 것이다.

국왕 일행은 근위 기사가 초특급으로 밖으로 데리고 나갔다.

애초에 이 참극을 만들어낸 범인 중 한 명이 기사단장이라는 점이 최악이다.

눈에 보이는 피해는 현저하지만, 일단 아직 아무도 죽지 않은 것이 불행 중 다행이다.

"흥!"

그 공로자는 케나의 머리 위에서, 하얀 빛을 두르고 콧김을 거칠게 내뿜고 있는 쿠다.

서브 시스템을 총괄하는 자의 의지를 걸고, 참격이 날아가는 위치를 수정하고 있는 모양이다.

그리고 〈개선의 갑옷〉의 파티 멤버는 재빨리 찾아낸 안전지대로 피난해 있었다.

물론 오푸스의 곁이다.

슬쩍 방패 대신으로 쳐두었던 【방벽】에 의해, 그 주변만은 피해를 면하고 있다.

그래도 폭풍처럼 휘몰아치는 참격의 공포는 씻을 수 있는 것이 아니다.

초조해하지 않고 처리해 나가는 코랄을 전폭적으로 신뢰하고 있었지만, 이렇게 될 줄은 완전히 예상 밖이라고 할까, 전혀 몰랐을 것이다.

전부 끝난 후에 코랄이, 동료들로부터 무릎 꿇고 잔소리를 듣는 벌이 결정된 순간이다.

하지만 거기서 안심하기는 아직 이르다.

다음에 투기장 내에 휘몰아친 것은 불의 뱀이 아닌, 불의 채찍이다.

루벤 로즈
【화염검 난타】.

검에서 뻗어 나온 불의 채찍으로, 광범위를 단번에 휩쓰는 기술이다.

이제는 그게 검 스킬이 맞는지 의심스러운 것들뿐이다.

게임 플레이어가 아닌 사람들에게는 미안하지만, 진짜로 검 스킬이 맞다.

코랄이 날린 그것을, 샤이닝세이버는 같은 기술로 상쇄한다.

문제는 서로 부딪치기까지 휘둘린 채찍의 궤도다.

그 궤도만 간파하면, 별로 위험한 일은 아니다.

다만, 채찍의 끝은 음속을 넘으므로, 간파하지 못했을 경우는 상반신과 하반신이 영원한 작별할 것으로 보인다.

그 후로도 몇 번인가 비슷한 검 스킬이 오가고, 투기제 참가자의 대부분이 도망친 뒤.

최종적으로 샤이닝세이버의 승리로 결착이 났다.

코랄의 패인은 MP 고갈이라는, 볼품없는 것이었다.

"나이스 파이트."

"칫. 무기 성능은 이기고 있었는데."

"거의 레벨 차이로 밀어붙인 내 승리로군. 하하하."

"그 이전에 주위를 확인할 생각부터 하는 게 좋을 거다, 바보들아."

서로의 건투를 칭찬하고 있는 곳에, 어이없어하는 목소리가 날아든다.

다시 한번 주위를 둘러본 당사자 두 사람은 놀라서 눈을 크게 떴다.

쓰레기나 무언가의 잔해가 뒹구는 투기장 안.

극소수의 사람이, 엎드려 있던 몸을 일으키고, 살아있음을 기뻐하는 관객석.

기사 중에서 남은 사람은 샤이닝세이버뿐이고, 상대했던 코랄과 〈개선의 갑옷〉 파티 멤버는 건재하지만, 동료들은 왠지 너덜너덜한 몰골이다.

상처 하나 없이 서 있는 오푸스 일행은 그냥 넘어가고.

""누, 누가 이런 짓을?!""

"네놈들이다! 플레이어의 능력을 아낌없이 발휘한 네놈들의 소행이다!"

이쯤 되서는 이미 투기제라는 행사의 형태조차 남지 않았다.

나중에 다시 한다고 해도, 두 사람의 흉포함을 목격한 참가자들이 도전할 리는 없을 것이다.

"으아아, 망했다. 나도 모르게, 즐겨버렸어."

고개를 푹 숙이는 샤이닝세이버.

하필이면 솔선해서 저질렀다는 자각이 든 모양이다.

그 지위에 맞게, 책임을 내던진 벌을 받을 것으로 보인다.

"다들, 미안해."

코랄도 바닥에 머리를 박을 기세로 엎드려 동료에게 사과하고 있었다.

하지만 모욕이나 배신자 같은 폭언도 각오하고 있던 코랄에게, 동료들은 예상과 달리 따뜻한 목소리로 말했다.

"왜 더 빨리 그 힘을 안 쓴 거야."라든가,

"그렇습니다. 당신이 그런 힘을 쓸 수 있다는 걸 알았으면, 의뢰를 가려서 받지 않아도 됐을 텐데요."라든가,

"다음부터는 전위를 교대해! 이젠 방패 따위 챙기지 않아도 되니까!"라든가,

"벌로써 당분간은 파티의 짐꾼을 시키죠."였다.

말이라는 것은 사람마다 다르지만, 코랄에게는 불평불만투성이인 동료들의 말도, 마음이 따뜻해지는 구원이었다.

""""그것과는 별개로 잔소리를 각오해야 할걸(해야 할 겁니다)!""""

"어……?"

코랄은 동료들에게 팔다리를 붙잡혀 질질 끌려갔다.

이제부터 숙소로 돌아가 고난의 때를 맞이할 것이다.

"이야, 투기장에 【방벽】조차 칠 수 없다니. 쿄타로 씨는 관객석을 완전히 덤으로 생각했나 보네."

코랄이 동료들과 모습을 감추자, 마이마이를 동반한 케나가 모습을 드러냈다.

쿠는 케나의 머리 위에서 축 늘어져서, 피로 모드다.

"수고하셨습니다, 외종조부님."

"그, 그래."

마이마이가 고개를 숙이는 대상인 오푸스도, 케나의 좋은 구경거리다.

"자, 어쩔 거야, 샤이닝세이버? 투기제는 속행할 수 있겠어?"

"나도 솔직히 거기까지는 모르겠다. 어쩌면 폐하께서는 축제로 대체하실지도 모르지만."

샤이닝세이버도 그건 어떻게 될지 모른다는 것 같다.

케나의 물음에 어깨를 으쓱하고 고개를 저을 수밖에 없었다.

그 자리의 긴장이 다 풀렸다고, 모두가 느꼈을 때의 일이다.

사이렌이 오푸스의 망토를 가볍게 당겨, 관객석 쪽을 향하도록 재촉했다.

"주인님. 적의가 느껴집니다."

"음?"

그곳에는 아까부터 오푸스를 쏘아보던 청년이 있었다.

아무리 오푸스라도 강렬한 악의가 담긴 시선을 받으면 주의를 기울일 수밖에 없다.

비틀비틀 관객석 맨 앞줄로 이동한 문제의 청년은, 플레이어였다.

그는 오푸스를 충혈된 눈으로 쏘아보며, 손가락질하면서 큰 소리로 외쳤다.

"드디어, 드디어 찾았다, 이 망할 자시이이익!"

"""……."""

격앙한 쪽은 어쨌든, 오푸스에게는 째려보는 눈빛이 무수히 향하고 있었다.

"네놈 때문에 내 인생은 엉망진창이다! 이 세계에 와서 더 복수할 수 없다고 생각했는데, 이런 기회가 와서 다행이군!!"

"키히히히." 하고 웃고 있는 것을 보면, 이미 정신이 확 돌아버린 모양이다.

오푸스에게 쌓인 증오가 무척 많은 것 같다.

"왠지 원한을 품고 있는 것 같네."

"그러게."

“외종조부님, 저분에게 무슨 짓을 하셨나요?”

“짐작 가는 바가 너무 많지만, 본 기억은 없군.”

“알아. 안다고. 너무나도 잘 알아. 전쟁에서 함정에 걸려 두들겨 맞은 놈은, 대부분 저렇게 된다고.”

경험담에서 나온 샤이닝세이버의 말은, 무척 설득력 있었다.

“게임 시절의 일을 아직도 질질 끌고 있는 게냐. 놀이와 현실은 구분할 줄 아는 게 좋을 텐데?”

그 자리에 있던 모두가 이마를 짚고 ‘아이고야’ 하는 얼굴이 되었다.

설득하거나 변명할 줄 알았는데, 있는 힘껏 도발하고 있다.

얼굴을 새빨갛게 붉히고 분노를 드러낸 청년은 “네가 할 말이냐아아아아아아아?!” 하고 큰 소리로 절규하며, 손에 들고 있던 무언가를 던졌다.

“헉?”

“이건!”

“뭣이?!”

“어라?”

빛을 반사하며 공중을 날아간 것은 굵직한 보석이다.

녹색, 유백색, 투명색, 진홍색, 하늘색, 심홍색.

케나가 봤을 때는 바로 며칠 전 방문했던 수호자의 탑 아이템 박스 안에 가득 있던 물건과 흡사하다.

아니, 바로 그게 맞다.

지면에 낙하한 각각이 빛을 발하고, 안에서 큰 그림자가 넘쳐 흐른다.

그림자는 순식간에 실체화하여 그 거대한 몸뚱이를 드러냈다.

머리에 외눈밖에 없는 줄무늬 뱀.

비늘이 새빨간 드래곤.

빨간 것보다 한층 더 몸집이 큰 검정 드래곤.

머리가 세 개인 대형견.

여섯 장의 날개를 가진 뚱보뱀.

흑갈색에 납작한 여섯 개의 다리를 가진 코뿔소.

제각각 "크가아악!" 이라거나 "카아아악!" 이라거나 "으르렁!" 하면서 여섯 마리가 포효를 질렀다.

그것만으로도 상당히 시끄럽다.

내성이 없는 마이마이는 귀를 막고 웅크려버려서, 사이렌이 보살펴 주고 있다.

"뭐야 이건?!"

샤이닝세이버가 처음 보는 것들에 눈을 동그랗게 뜬다.

"어쩔 수 없군." 하고 중얼거린 오푸스가, 하나하나 이름만 가르쳐준다.

외눈박이 뱀이 로크록스.

새빨간 것이 레드 드래곤.

검은 것이 블랙 드래곤.

머리 세 개 달린 개가 케르베로스.

뚱보뱀이 하이보더.

여섯 개의 다리를 가진 코뿔소가 베히모스.

로크록스를 제외하면 전부 단독주택을 넘어설 정도로 몸집이 커서, 투기장 안은 소환수로 가득 찼다.

모두는 관객석으로 올라가 소환수들의 전체 모습을 파악하고 있었다.

간이 소환을 시전한 플레이어 청년도 바로 근처에 있지만, 이 경우는 보석의 소유자였던 자를 쓰러뜨려도 소환이 해제되지 않는다.

"이, 이 녀석들로 내 원한을 풀어주마! 경매에 올라온 고액 상품을 긁어모은 내 마지막 수단이다!"

"저, 저도요?!"

이 자리에 있는 바람에 복수의 대상에 포함되어 버린 마이마이도 동요하고 있다.

아무리 간이 소환이라고 해도, 여섯 마리 전부가 레벨 500 평균이라 샤이닝세이버와 마이마이는 전력으로 칠 수 없다.

"얘들아, 해치워라! 이 녀석들을 엉망진창으로 만들어버려!"

샤이닝세이버가 럼버잭을 쥐고, 가이마이가 케나의 등 뒤에 숨는다.

"어이! 전직 궁정 마술사 양반?"

"제가 저런 걸 어떻게 이겨요. 어머님이라면 저를 지켜주실 거예요."

지킬 생각은 있지만, 당당하게 선언하면 케나도 뭐라고 말해야 할지 모르겠다.

오푸스가 양손에 마력을 충전하는 가운데, 케나만이 태평하게 사태를 지켜보고 있었다.

"어이어이, 왜 너만 한가롭게 있는 거냐?"

"아니, 아무것도 안 해도 될까 해서."

"자신감이냐? 자신감이냐?! 이 정도는 오푸스 녀석이 어떻게든 해줄 거라는 확신이냐?"

아무도 담당하는 자가 없어서, 어쩔 수 없이 샤이닝세이버가 딴지 역할을 했다.

그리고 언제까지고 소환수가 덤벼들지 않아서, 모두가 의문을 품기 시작했을 무렵.

부추긴 청년도, 소환수들이 움직이지 않는 것을 이유로 화내기 시작했다.

"어이! 너희! 뭐 하는 거야! 어서 저 녀석들을 공격해!"

레드 드래곤은 하품하고, 블랙 드래곤에 이르러서는 꾸벅꾸벅 졸기 시작하고 있다.

전체 길이가 2미터 정도밖에 안 되는 로크록스는 베히모스 위에서 똬리를 틀고, 하이보더는 깃털 손질을 시작했다.

"왜냐! 왜 어느 놈이고 움직이지 않는 거냐?!"

악을 써도, 재촉해도, 소환수들은 명령을 실행하려고 하지 않는다.

꽥꽥 소리치며 소환수들에게 화풀이를 시작한 청년에게, 케나는 잔혹한 한마디를 전했다.

오히려 사정을 아는 것이 케나밖에 없었다.

“안됐네. 그 애들은 절대로 안 움직여.”

“왜야! 왜 네가 그런 걸 아는 거냐!”

“자금 마련으로 경매에 내놓은 게 나니까.”

너무나도 노골적인 한마디에, 청년이 석고처럼 굳어버렸다.

샤이닝세이버는 청년에게 연민의 눈길을 보내고, 오푸스는 성대하게 한숨을 쉬었다.

보석을 사용한 간이 소환은 누구라도 쓸 수 있지만, 처음에 만든 소환자를 공격할 수는 없기 때문이다.

절망으로 덧칠해져 감정을 잃은 청년은, 망연자실하고 있는 동안에 샤이닝세이버에게 밧줄로 꽁꽁 묶여 기사단에 끌려갔다.

별다른 피해는 나오지 않았고, 목격자도 거의 없었던 까닭에, 그저 상해 미수로 감옥에서 하룻밤을 보낼 것이다.

투기장에 가득 찼던 소환수들은 쿠에 의해 소환이 풀리고, 단순한 마력이 되어 흩어졌다.

단순한 PVP로 흐지부지된 투기제지만, 변경 마을에서 실시간 방송으로 처음부터 끝까지 보고 있던 마을 사람들은 곤혹스러워했다고 한다.

질색하지 않은 것만으로도 나은 거겠지만.

투기제 대신에 임시 축제가 2일 정도 열리고, 왕도는 평온을 되찾았다.

덧붙여 문제의 청년을 데리고 기사단으로 돌아간 샤이닝세이버는 그 뒤로 한동안 시내에서 마주치는 일이 없었다.

에필로그

"어머님께 일을 부탁드리고 싶은데요."

"마이마이가 나한테?"

투기제를 대신하는 축제가 끝난 뒤 모험가 길드에 들른 케나는 지명 의뢰가 있다는 소식을 들었다.

목적지는 학원이었다.

의뢰인이 마이마이였기에, 전언 대신으로 쓴 게 아닐지 추측하고 있었다.

그런데 학원장실에서 기다리고 있던 마이마이에게 어떤 일을 제안받은 것이다.

"한가하니까 문제없지만, 마이마이의 의뢰라니 예상할 수 없는데?"

차와 함께 나온 쿠키를 입에 넣는다.

마이마이는 그런 어머니를 선망하는 눈빛으로 바라보고 있었다.

"이 시기가 되면 모험가 길드에 의뢰를 내기 때문에, 연례행사가 되었는데요, 간결하게 말하면 호위 의뢰입니다."

"호위? 도시에서 도시로 마이마이가 가는 거야? 정 그러면 【전이】로 데려다줄게."

"제안은 감사하지만, 어머님께서 호위하는 것은 제가 아니에요. 학생입니다."

"학생이라. 수학여행이라도 있어?"

"아뇨, 교원도 인솔해서 나가지만, 희망하는 학생들의 야외 학습 체험이에요. 조금 떨어진 숲속에서 야영하거나 망을 보거나 하는 것을 배우죠."

"그걸 내가 호위하는 거야? 상관은 없지만, 과잉 전력 아니야? 괜찮아?"

팔짱을 끼고 고개를 갸웃거리는 어머니의 행동에 만족하면서, 마이마이는 케나를 원하는 가장 큰 이유를 입에 담았다.

"마이 양, 아니. 마이리네 왕녀께서 참가를 희망하세요. 귀족의 자식도 많아서, 보험도 겸해서 어머님께 의뢰하는 거죠. 부탁드릴 수 없을까요?"

"으음."

테이블 위에 펼쳐진 지도에는 목적지로 상정한 장소에 말이 놓여 있다.

매년 있는 일이라고 하니, 몇 번이고 사용해서 익숙한 장소일 것이다.

하지만 케나가 골머리를 앓는 가장 큰 이유는, 지난번 습격이 있었을 때 별동대가 지나간 경로에 그 야외 학습 예정지가 있다는 것이다.

어쩌면 야외 학습장에 직접 몬스터가 생겨날 가능성도 있다.

최악의 위험 요소는, 게임 시절의 차국 영토 경계선이 가깝다는 점이다.

그래서 보험 취급인 것이리라.

차국에 대해 마이마이에게 전하기 전에 먼저 오푸스와 상의하려고 생각한 케나는 의뢰를 일단 보류하기로 했다.

"잠깐만 기다려. 물어보고 싶은 게 있었거든. 의뢰는 받는 방향으로 해둘게."

"어머님, 고마워요. 이걸로 마이리네 왕녀께 혼나지 않아도 되겠네요."

"마이 공주가 의뢰한 거야, 이거?!"

아무래도 흑막은 왕녀였던 모양이다.

등장인물 소개

WORLD OF LEADALE

Character Data

7

Character Data

미미리

인어족.
레벨 불명.

수수께끼의 현상에 의해 바다 어딘가에서 지하 호수로 오게 되었다. 인어족 중에서는 우수한 축에 속하지만, 여왕의 자리에 오르지 못했다는 이유로 쓸모없는 존재라는 낙인이 찍히고 말았다. 마을에서는 공동 목욕탕의 여탕에 살며, '수류 조작' 이라는 인어라면 누구나 쓸 수 있는 마법으로 세탁업을 하고 있다. 마을 안에서는 세 번째로 돈을 잘 번다. 현재의 목표는 케나에게 진 빚을 갚는 것.

Character Data

사하라셰드

하이엘프족.
레벨은 100 언저리.

게임 시절 하이엘프 커뮤니티에서 케나를 언니처럼 따른, 사하나라는 플레이어의 양녀 캐릭터. 현재는 어째서인지 혈연관계도 아닌데 조카라는 처지가 되었다.
200년에 걸쳐 오우타로퀘스를 다스리고 있다.
국민에게 인기가 많아, 국내에 여러 팬클럽이 존재한다.
가장 큰 고민은 후계자가 없다는 점.

후기

굿애프터눈, 굿나잇, 굿모닝. 작가인 Ceez입니다.

드디어 7권을 만들 수 있었습니다. 기다리게 해서 죄송합니다(시무룩).

만화판에 이어, 이번에는 애니메이션 제작이 결정됐습니다. 이것도 독자 여러분 덕분입니다. 감사할 따름입니다.

전용 페이지나 트위터도 오픈해서 리아데일 월드가 점점 더 넓어지는 것을 보면 무척 기쁩니다.

그리고 제 일이긴 하지만, 무척 두렵습니다……. 아직 꿈속에 있는 게 아닐까요?

애니메이션 제작에 참여하고 계신 스태프 여러분도 고맙습니다. 움직이고 말하는 등장인물들의 모습을 보는 것이 이제나저제나 기대됩니다.

왠지 먼 곳에 온 것 같은 기분도 들어 감개무량하지만, 완결이 나려면 아직도 한참 남은 것 같아 마음에 채찍질을 해서 이야기를 쥐어짜야 합니다(히이익).

과거에 쓴 것을 인터넷 연재판으로 삼았듯이, 신규 캐릭터를 더해 독자 노선이 된 서적판에서는 뒤로 갈수록 새로 쓴 내용의 비율이 늘어났습니다.

짐작하시겠지만, 6권에 이어, 7권도 거의 새로 쓴 내용입니다.

부끄럽게도 계획을 세우는 것이 서툰 데다, 글 쓰는 속도가 매우 느려서 또다시 각 방면에 막대한 불편을 끼쳤습니다.

데스마치를 목격하게 될 줄은 몰랐던 함정…….

다음 권은 인터넷 연재판의 최종화!

제대로 예정대로 갈 수 있다고 믿고 진행해 나갈 생각입니다.

이번에도 담당 편집자님, 일러스트레이터 텐마소 님(이번에도 멋진 일러스트를 많이 그려주셔서 감사합니다), 장정 디자이너님과 교정 담당자님께도 막대한 민폐를 끼쳤습니다. 정말 죄송합니다!

회의에서 만났던 텐마소 님은, 예상했던 것 이상으로 멋진 청년이었습니다……(꾸벅꾸벅).

아직 긴박한 시국이지만, 지지 말고 힘냅시다!

서적을 찾아주신 분들께, 있는 힘껏 감사를 전합니다!

Ceez

그림을 그리는 텐마소입니다.
서적 마지막 부분의 이거,
지난 권과 똑같은 캐릭터를 그렸네요.
더 말하자면 록시느 비율이 높군요.
분명 좋아하는 거겠죠.

리아데일의 대지에서 7

2025년 09월 15일 제1판 인쇄
2025년 09월 20일 제1판 발행

지음 Ceez | **일러스트** 텐마소

편집 · 제작 노블엔진 편집부

발행 데이즈엔터(주)
등록번호 제 2023-000035호
주소 07551 서울특별시 강서구 양천로 570 NH서울타워 19층
대표전화 02-2013-5665

ISBN 979-11-380-6188-9
ISBN 979-11-6524-096-7 (세트)

RIADEIRU NO DAICHI NITE Vol. 7

구매 시 파손된 도서는 구매처에서 교환하실 수 있습니다.
기타 불편사항, 문의사항이 있으신 독자님께서는 노블엔진 홈페이지
[http://novelengine.com] 에서 Q&A 게시판을 이용해 주시기 바랍니다.